DEMON SLAYER
LE GUIDE DU VENT

KOYOHARU GOTOUGE

AYA YAJIMA

Masaehika Kumeno

Pourfendeur adepte du souffle du vent. C'est lui qui présentera un maître d'armes à Sanemi.

Sanemi Shinazugawa

Le pilier du vent des pourfendeurs de démons. Belliqueux de nature, il fait preuve d'un comportement particulièrement agressif envers son petit frère Genya.

Hotaru Haganezuka

Forgeron en charge du sabre du soleil de Tanjiro. Artisan zélé et fier de son métier, il entre dans une colère noire quand on ne prend pas soin de son œuvre.

Kanao Tsuyuri

Successeure de Shinobu. Peu bavarde, elle a du mal à prendre des décisions de manière autonome.

Kotetsu

Jeune garçon du village des forgeurs. Il aide Tanjiro à s'entraîner avec l'aide de l'automate de combat créé par ses ancêtres : Yoriichi modèle zéro.

Muichiro Tokito

Le pilier de la brume des pourfendeurs de démons. Il est le descendant d'un adepte du « souffle originel » : le souffle du soleil.

Les personnages

Nezuko Kamado

Jeune sœur de Tanjiro. Elle a été transformée en démon lors de l'attaque qui a décimé sa famille. Contrairement aux autres monstres, elle fait tout pour protéger son frère, au lieu de chercher à le dévorer.

Tanjiro Kamado

Jeune homme au grand cœur, il a juré de rendre son humanité à sa petite sœur et de venger la mort de ses proches. Il dispose d'un odorat exceptionnel qui lui permet littéralement de sentir le point faible de ses adversaires.

Inosuke Hashibira

Pourfendeur issu de la même promotion que Tanjiro. Coiffé d'une hure de sanglier, il est constamment en quête de nouveaux adversaires.

Zenitsu Agatsuma

Pourfendeur issu de la même promotion que Tanjiro. Peureux, il ne dévoile toute l'étendue de ses talents que lorsqu'il s'évanouit.

Sommaire

Chapitre

Le guide du vent 7

Chapitre

Rencontre formelle avant mariage pour Hotaru Haganezuka 85

Chapitre

La fleur et la bête 101

Chapitre

Promesse du lendemain 133

Chapitre

Études secondaires
L'école des pourfendheurs
Parade nocturne 167

Postface 200

Ceci est une œuvre de fiction.
Toute ressemblance avec des personnages, des organisations ou des affaires criminelles ayant réellement existé serait purement fortuite.

— Hé, tout va bien ? J'ai décapité ce démon, il ne nous causera plus de problème. Hou là, ton bras gauche est sacrément amoché. Pose ça sur ta blessure et serre fort, pour le moment.

Le jeune homme lui lança un bout de tissu propre de sa main libre. Probablement âgé de un à deux ans de plus que son interlocuteur, il était vêtu d'une sorte d'uniforme de soldat à col noir.

— C'est en leur coupant la tête qu'on fait crever les démons ?

— Parce que tu jouais au chasseur de démons sans savoir ça ? Je me demande bien comment tu as survécu jusqu'ici, toi, répondit-il, stupéfait.

Il essuya le sang du démon sur sa lame avec un morceau de papier, rangea son arme dans son fourreau, puis s'assit à côté de Sanemi.

— Le saignement n'est pas près de s'arrêter. Pas le choix, il va falloir bander tout ça en serrant bien fort.

T'auras intérêt à soigner cette blessure correctement après ça.

Sur ces mots, il sortit un bandage de sa poche intérieure. « Montre-moi ça », dit-il en prenant son bras, avant de poser habilement le bandage au-dessus du morceau de tissu.

— Alors c'est toi le type qui chasse les démons sans le statut de pourfendeur, avec des méthodes totalement anarchiques ? Mais quelle mouche t'a piqué, mon gars ?

Le jeune homme le regardait droit dans les yeux. Un regard d'une grande franchise, qui ne trahissait aucune sournoiserie.

Sanemi détourna son regard et ajouta en chuchotant :
— Je les massacrerai tous, sans exception…
— Je vois.

Le jeune homme laissa passer l'orage qu'il pouvait deviner sur le visage de Sanemi, puis ajouta d'un ton innocent :

— Sache juste qu'en continuant ainsi c'est surtout toi qui mourras rapidement. C'est pas en te battant ainsi que tu les tueras tous, loin de là.
— Répète ?!

Sanemi le toisa d'un regard noir. L'homme se leva alors brusquement et pointa sa main droite vers l'horizon.

— Je vais te présenter à mon maître d'armes. Si tu veux massacrer tous les démons existants, il va te falloir devenir bien plus fort.

Le visage souriant du jeune homme semblait d'une gentillesse sans limites. Sanemi en resta pantois.

C'était là le récit de la rencontre entre Sanemi Shinazugawa et le pourfendeur de démons Masachika Kumeno.

— Sanemi ! Tu t'es encore blessé ?
— Oh, la ferme...

Au retour de mission de Sanemi, Masachika, qui l'attendait devant l'entrée de leur maison, fit la moue en remarquant sa blessure à l'épaule, puis le fixa droit dans les yeux. Sanemi ne tentait nullement de cacher son mécontentement.
— Qu'est-ce que tu fais là à m'attendre, toi ?
— Je viens juste moi-même de rentrer de mission. Le corbeau de liaison m'a indiqué que tu étais toi aussi sur le point de rentrer, et je me réjouissais de pouvoir manger un bon repas avec toi. Et voilà que je découvre que tu te bats encore en comptant sur ton « rare sang ». Je t'ai déjà dit mille fois de ne plus te mutiler le corps comme tu le fais, bon sang !
— Je ne vois pas en quoi ça te regarde !

Sanemi se passa une main dans les cheveux, un réflexe chez lui quand il était de mauvaise humeur, puis fit claquer sa langue pour marquer sa désapprobation. Alors qu'il rêvait de s'étendre sur son lit pour dormir, savoir qu'il allait devoir s'infliger maintenant cette discussion avec ce type si bavard l'agaçait au plus haut point.

J'ai l'impression qu'il guette constamment mon retour... Mais qu'est-ce qu'il me veut, à la fin ?

Lorsque Sanemi tenta de passer le pas de la porte en ignorant ostensiblement Masachika, celui-ci lui saisit le bras.

— On part pour le domaine des papillons immédiatement.

— Quoi ?

— J'insiste. Je veux que tu te fasses soigner convenablement. Et que dame Kocho te sermonne comme il faut.

— Te fous pas de moi !

Sanemi menaça Masachika du regard, le visage contre le sien. Que ce soient les furtifs, ses collègues ou même ses puissants supérieurs hiérarchiques, Sanemi n'avait peur de personne et le faisait clairement savoir.

— Je ne me fous pas de toi. Je suis sérieux.

— Et moi, je te répète que ce ne sont pas tes affaires, Kumeno !

— Au contraire ! Je te rappelle que je suis ton disciple aîné, et ce parce que je suis celui qui t'a présenté à ton maître d'armes, Sanemi.

— Arrête de m'appeler par mon prénom comme si je n'étais rien pour toi ! Respecte-moi un peu !

— Dans ce cas, toi aussi cesse de m'appeler par mon nom de famille. J'ai un prénom, et tu vas apprendre à le prononcer : Ma-sa-chi-ka ! Vas-y, essaie donc !

— Pourquoi tu changes toujours la conversation dans le sens qui t'arrange, nom d'un chien ?!

Irrité, Sanemi tenta de rejeter la main de Masachika d'un geste brusque et violent, mais son collègue ne broncha pas. Sa main resta fermement accrochée à son poignet, telle une ventouse.

Un déluge de coups s'abattit alors entre eux, mais Sanemi, affaibli par une perte de sang trop conséquente, ne fit pas le poids et perdit connaissance. Lorsqu'il rouvrit les yeux, il était allongé sur un des lits du domaine des papillons…

— Tu t'es encore mutilé le corps ?
— Fous-moi la paix.

Kanae Kocho, qui se tenait assise devant lui dans la salle de consultation, fronçait les sourcils, embarrassée.

— Et je remarque aussi que tu as retiré le bandage qu'on avait posé sur tes blessures précédentes alors qu'elles ne se sont toujours pas refermées. Ne t'étonne pas après si elles suppurent. Même ton visage est déformé tant il est tuméfié.

Voyant Kanae préparer une solution antiseptique pour laver ses plaies, Sanemi détourna son regard en pestant.

— Tout ça n'a rien à voir avec le démon.

Après l'avoir écouté se plaindre des coups portés par cette « ordure de Kumeno », Kanae soupira.

— Tu ferais mieux de ne pas trop inquiéter Kumeno, tu sais ?
— Quoi ? Parce que tu crois que je lui ai demandé de s'inquiéter pour moi ? Mais pour qui il se prend, lui, d'abord ?

Le ton de Sanemi commençait à monter.

Ne te blesse pas tout seul. Ne te bats pas en prenant de tels risques. Est-ce que tu as bien mangé ton repas ?

Est-ce que tu t'entends bien avec tout le monde ? Est-ce que tu prends bien ton bain ? Ne toise pas les gens avec ce regard méchant… Kumeno trouvait toujours des choses à lui reprocher et, à son avis, s'intéressait trop à ses affaires, ce qui l'irritait semble-t-il plus qu'un peu.

— Qu'il soit ou non mon disciple aîné chez mon maître d'armes, j'en ai rien à faire ! Il m'exaspère !

Entendre Sanemi pester ainsi sur son collègue poussa Kanae à prendre ses mains entre les siennes.

— Cesse d'être aussi crispé et fais un effort pour essayer de t'entendre avec lui. D'accord ?

— …

Le sourire de cette femme, son visage presque collé au sien, le soulagea de son agacement. Alors qu'il détournait son regard, Kanae entreprit les soins avec son habituelle dextérité.

Son toucher était d'une extrême douceur.

On sentait tous les efforts auxquels elle s'astreignait pour éviter d'irriter la plaie et lui faire le moins mal possible.

Quelle douce chaleur…

La main de sa défunte mère était tout aussi douce. Sanemi fut rappelé à la réalité par la voix de son interlocutrice.

— Tu sais, Kumeno se fait réellement du souci pour toi, Shinazugawa, lui expliqua Kanae, qui s'attelait désormais à refermer les plaies avec son aiguille. C'est parce que tu es trop gentil.

— Quoi ?!

Le retour à la réalité fut brutal. Sanemi ricana.

— Moi, gentil ? Mais quelle partie de moi l'est ?!

Je ne suis pas comme ce pauvre idiot de Kumeno qui dégobille de gentillesse de partout !

Devant la froideur du ton de Sanemi, Kanae se contenta de hausser légèrement les épaules.

Sa façon de regarder Sanemi laissait croire qu'elle était sur le point de répliquer, mais elle n'en fit rien. Les plaies refermées, elle posa dessus des compresses qu'elle banda avec application.

Dans cette salle de consultation proprement rangée flottait une légère odeur de fleur de glycine, mélangée à celle du désinfectant.

En sortant de la salle, il vit Masachika discuter dans le couloir avec un autre pourfendeur.

C'est pas vrai, il m'a attendu, en plus ?

Ce niveau d'acharnement lui donna le vertige. Il ne savait plus de quelle méthode user pour qu'il comprenne enfin à quel point son attitude le gavait.

Masachika bavardait avec une jeune pourfendeuse de petite taille. Les traits de son visage parfaitement sculptés et sa barrette en forme de papillon lui permirent de deviner qu'il devait s'agir là de la petite sœur de Kanae, Shinobu Kocho.

Deux sœurs au sein de l'organisation, c'était rare.

Recueillies par le pilier de la roche juste après que leurs parents eurent été massacrés devant elles, elles avaient toutes deux rejoint l'organisation plus tard. Cependant, Sanemi n'arrivait toujours pas à comprendre le geste de Kanae.

Aussi puissants que soient les ressentiments qu'on a envers les démons, Sanemi ne comprenait pas que

Kanae ait pu accepter que sa petite sœur la suive et devienne chasseuse de démons comme elle.

Si son petit frère Genya avait le malheur de lui annoncer un jour qu'il souhaitait le rejoindre dans l'organisation, il ne le permettrait jamais. Il l'en empêcherait coûte que coûte, quitte à devoir lui mettre une correction pour cela.

Il comptait bien être le seul à emprunter cette voie ensanglantée.

— … et à force de jouer aussi fort de son shakuhachi[1], tu devines bien ce qu'il s'est passé : sa voisine, la mamie, a fini par sortir et a pourchassé le pilier de la roche dans toute la ville pour le frapper avec son balai.

— Pff… Hem.

Cette histoire fit tout d'abord pouffer de rire Shinobu, mais elle se reprit vite et retrouva une attitude plus formelle. Elle se racla la gorge, puis dit :

— Je ne savais pas que M. Himejima avait cette passion.

— Étonnant, non ? Ah oui, et aussi ! Malgré son apparence, c'est un grand passionné de chats. Et dès qu'ils voient son visage, les chats se mettent à…

C'est quoi, cette conversation ?

Sanemi n'exigeait évidemment pas des pourfendeurs qu'ils aient toujours des conversations très sérieuses, mais là ils exagéraient un peu trop à son goût.

Entendant Sanemi grommeler, Masachika leva le bras et l'invita à les rejoindre :

— Ah, Sanemi ! Tes soins sont enfin terminés !

Shinobu le remarqua aussi et ajouta :

---

1 NdT : flûte japonaise, d'origine chinoise, à cinq trous.

— Sur ce, je vous laisse, je dois avoir une discussion avec ma sœur.

Elle fit une légère courbette de politesse devant Sanemi, et pénétra dans la salle de consultation.

Masachika s'approcha de lui d'un air taquin.

— J'espère que tu vas enfin arrêter de te blesser inutilement et de nous causer à tous du souci. C'est compris ? Tiens ? Mais pourquoi tu as le visage tout rouge comme ça ?

— La ferme !

Tandis que Masachika affichait un grand sourire artificiel, Sanemi s'en alla en l'ignorant superbement, et en le percutant exprès au niveau de l'épaule. Masachika, qui ne semblait pas avoir été choqué outre mesure par ce geste, le suivit en lui demandant de l'attendre.

Même la nonchalance de cet individu le courrouçait au plus haut point.

— On parlait à l'instant du pilier de la roche avec Shinobu, et, franchement, ils sont impressionnants, ces piliers ! Forts, dignes de confiance…

Marchant juste derrière Sanemi, Masachika ajouta d'un ton ému : « Qu'est-ce qu'ils sont classe… » Malheureusement pour lui, le cerveau de Sanemi s'était arrêté sur leur discussion au sujet du shakuhachi et des chats, et était resté focalisé dessus.

Classe ? Des chats ? Peuh ! grogna-t-il intérieurement.

— J'aimerais vraiment pouvoir moi aussi devenir pilier, un jour. Et toi, Sanemi ?

Malgré le harcèlement de Masachika qui insistait pour connaître son avis, Sanemi n'en démordait pas : il était décidé à continuer de l'ignorer jusqu'au bout.

— Dans ce cas, on verra qui de nous deux en deviendra un le premier.

Masachika fit comme si Sanemi avait donné son accord, et poursuivit la discussion :

— Hum, oui, c'est une bonne idée. Voici ce que je propose : le premier de nous deux qui deviendra pilier offrira un repas à l'autre, ça te va ? Et comme j'ai envie d'éviter d'avoir à manger de simples nouilles, on part sur une bonne fondue de bœuf, c'est bon ? Ce tofu qui a bouilli dans le bon bouillon, et que l'on déguste avec la viande de bœuf… Hum ! Délicieux !

Masachika laissa distraitement échapper un soupir.

N'arrivant plus à le supporter, Sanemi se décida enfin à lâcher un « ça ne m'intéresse pas » dans l'espoir de s'en débarrasser.

Son camarade afficha un regard perplexe, les yeux grands ouverts, ce qui eut le don de l'irriter encore plus.

Tss ! Il ne s'arrêtera donc jamais de faire l'imbécile, celui-là.

Il se demanda comment un individu aussi nonchalant que lui pouvait risquer sa vie au quotidien pour combattre des démons. Alors que tout laissait croire que cet homme n'avait pas la moindre haine envers ces engeances. C'était peut-être, d'ailleurs, ce qui l'énervait le plus chez lui.

— Pourquoi donc ? Ça ne t'intéresse pas d'en devenir un ? Être pilier, c'est l'assurance d'avoir beaucoup de succès avec les filles, tu sais ? Enfin, je pense.

— Ça m'intéresse encore moins.

— T'as pas envie d'avoir du succès avec les filles, toi ? T'es sûr que ça va, dans ta tête ?

— La ferme.

Ce type le déprimait trop, il n'en pouvait plus. Il s'arrêta et se retourna. Tout en lui l'agaçait.

— Tu vas m'expliquer pourquoi ça t'amuse de me gonfler comme ça depuis tout à l'heure ?

Sous la menace de son regard, Masachika s'immobilisa net. Mais étrangement, Sanemi ne lut que de la compassion dans ses yeux.

— Écoute-moi bien, Sanemi. Ne perds surtout jamais espoir, c'est bien compris ? Ce n'est pas parce que tu n'as aucun succès actuellement que la situation ne s'arrangera jamais. Je suis sûr qu'une ravissante demoiselle s'offrira à toi un jour. Donc, surtout, n'abandonne pas !

— Quoi ?

Lorsque son collègue lui tapota l'épaule d'un air triomphant, il se crut sur le point de mourir, tant la colère l'envahit.

Le regard glacial, Sanemi écarta d'un geste brusque les mains de Masachika posées sur ses épaules.

— Comment peux-tu avoir des discours aussi indécents et déconnectés de la réalité, tout en exerçant ce métier et ces responsabilités ?

— Je ne suis pas d'accord avec toi, il est important de toujours apprécier la vie, répondit-il en secouant la tête. Je sais bien que nous frôlons constamment la mort en tant que pourfendeurs, mais ça n'empêche pas nombre d'entre nous d'être en couple, voire de se marier. Même le pilier du son a trois jolies femmes rien que pour lui ! T'entends ça ? Trois ! Tu ne trouves pas ça trop, toi ? Moi, une seule me conviendrait parfaitement. Une que je pourrais aimer de tout mon cœur…

— Moi, je me contenterai de massacrer le plus de démons possible… se contenta de répondre Sanemi avec froideur. Des gens qui n'ont rien d'autre à faire que de passer leurs jours à s'amuser, ça n'existe pas.

Quand on a dû tuer de ses propres mains sa mère parce qu'elle s'est transformée en démon, plus aucune vie normale n'est envisageable. La seule chose qui lui permettait de conserver la volonté de vivre était cette haine sans limites qu'il vouait aux démons. Sa rancune.

S'il lui restait bien malgré tout un dernier rêve à accomplir, il le devait à la présence de son petit frère qui avait lui aussi survécu. Ce rêve, c'était de voir un jour Genya trouver le bonheur avec une femme, avoir des enfants et retrouver le sourire.

Pour préserver ce bonheur, il était capable de tout. Chaque démon menaçant de détruire ce rêve serait abattu sans ménagement. Quand bien même un jour il ne lui resterait que sa tête, celle-ci n'hésiterait pas à se jeter au cou des démons pour les dévorer.

Rien d'autre n'importait à ses yeux.

— Maintenant que tu as compris le fond de ma pensée, disparais. Ne t'occupe plus de moi !

— …

Masachika resta tout d'abord muet, ne paraissant voir que le bout de son nez, puis il dit, sans aucune animosité :

— Bon… D'accord.

Heureux de constater qu'il avait enfin compris, Sanemi soupira de soulagement.

Pourtant, Masachika saisit à nouveau le poignet de son camarade.

— Qu'est-ce qui te prend, encore ? Lâche-moi !
— Allons manger des ohagis[2].
— Quoi ?!
— T'inquiète, c'est moi qui régale. Dégustes-en des montagnes entières si ça te fait plaisir et si ça peut t'apporter un peu de bonheur ! J'en serais ravi !
— Mais tu ne comprends donc rien à rien, toi ! Mais quel abruti !
— J'en prendrai au matcha, moi !
— Je m'en fous, de ton matcha ! Et d'ailleurs, pourquoi des ohagis et pas autre chose ?
— Parce que je t'ai déjà observé un jour en train d'en manger. Je sais que c'est ta madeleine de Proust. C'était la première fois que je te voyais l'air aussi paisible et heureux, donc c'est forcément que tu aimes ça.
— Arrête de m'espionner comme ça ! T'es vraiment angoissant, comme type !

Tiré par la force extraordinaire de son aîné, Sanemi fit pleuvoir sur Masachika tous les jurons de son répertoire.

Quand tout à coup…

— T'inquiète, je comprends parfaitement… murmura Masachika.

Le ton était étonnamment bienveillant. Une voix aussi faible qu'extrêmement délicate qui était en totale inadéquation avec le physique de cet homme, et qui coupa toute velléité d'opposition en Sanemi.

Masachika lâcha son poignet et s'immobilisa.

— Je devine à quel point la blessure que tu portes dans ton cœur est profonde.

---

[2] NdT: pâtisserie japonaise traditionnelle à base de riz et de pâte de haricots rouges.

« Mais malgré ça », poursuivit-il, toujours le dos tourné. Ce même dos sur lequel était inscrit le caractère chinois « *metsu*[3] » qui semblait frémir.

— Je refuse de te voir cesser de vivre.

— …

En se retournant, Masachika affichait un grand sourire. Pourtant, malgré ce sourire de façade, cet homme qui le fixait semblait au bord des larmes.

— Nouvelle mission, Sanemi. Et en duo, de surcroît.

— Une mission à deux ? C'est rare.

— Il est vrai que, au fur et à mesure que l'on avance dans la hiérarchie, on doit de plus en plus souvent s'occuper des jeunes recrues. On a ainsi de moins en moins de temps pour se battre ensemble.

Arrivé au dojo servant à l'entraînement des pourfendeurs, Masachika avait, comme à son habitude, un grand sourire aux lèvres.

Des mois étaient passés depuis leur première rencontre, et ils avaient désormais tous deux atteint le grade de « kinoe ».

Cet aîné agaçant qui l'avait présenté à son maître d'armes, il ne l'appelait plus Kumeno mais simplement Masachika depuis quelque temps. Bien que l'usage voulût que l'on respectât son aîné en le nommant par son nom de famille, cette habitude était venue naturellement. La première fois que Sanemi l'avait appelé par

---

[3] NdT : signifie « éradication ».

son prénom, Masachika en avait alors lâché son arme de surprise. Avant de sourire gaiement.

Se retrouver de nouveau en tête-à-tête, assis en tailleur dans le dojo, lui rappela de bons moments.
Ce mélange entre l'odeur du parquet et la sueur, typique de ce dojo, le rendit particulièrement nostalgique.
— Ça ne s'annonce pas simple, par contre.
— Évidemment ! C'est pour ça qu'ils nous y envoient à deux, se moqua Sanemi. Et donc ? Qu'est-ce qu'on nous demande ?
— C'est un problème qui est apparu dans une ville assez éloignée d'ici…

Des individus disparaissaient sans raison à proximité d'une maison abandonnée, située non loin de cette ville.
— Il existe un lien entre toutes ces personnes disparues ? s'enquit Sanemi en posant sa main sur son menton.
— Ce sont uniquement des enfants.
La réponse de Masachika provoqua la résurgence, fugace, de souvenirs de ses petits frères et sœurs. En fixant de nouveau le visage de Masachika, il remarqua que celui-ci se faisait du souci pour lui. Ses yeux réclamaient de savoir si tout allait bien.
Il était le seul à qui il avait révélé le sort qu'avaient connu ses parents et sa fratrie.
Sanemi, cependant, se refusa de dire quoi que ce soit et continua :
— Il choisit ses cibles ? Garçons ? Filles ?
— Non.

Puis, le ton de Masachika se fit plus rude.

— Pour tout t'avouer, plusieurs autres pourfendeurs ont été envoyés sur place en mission avant nous. Tous ont disparu, sauf trois.

— Et personne ne peut affirmer s'ils sont morts ou non ?

— Voilà.

— Et ? Que sont devenus les trois autres ? Ils sont morts ?

— Non, ils sont revenus ici, tout simplement.

— Quoi ?

— Ils affirment n'avoir rien trouvé sur place. Ni démons, ni enfants ou pourfendeurs disparus, rien. Cette demeure était tout simplement vide.

— Bizarre.

Désorienté par cette histoire, Sanemi ébouriffa ses cheveux clairs.

— Qu'est-ce qui différencie ceux qui sont revenus de ceux qui ont disparu ? Il n'y a pas un détail qui pourrait nous aider à comprendre ?

— Malheureusement, on ne sait rien pour le moment. Il paraît que, si nous échouons dans cette mission, ce sont des piliers qui seront dépêchés sur place.

— Ah ouais, d'accord, c'est du sérieux.

Le ton était à la plaisanterie, mais il n'en était pas moins impressionné. Les piliers n'étaient envoyés en mission qu'en cas de problème majeur. Et si des rangs kinoe comme eux échouaient, il n'y aurait effectivement pas d'autre solution.

Cependant, Sanemi refusa cette éventualité.

Les piliers n'auraient pas à se déranger pour cela.

Il se sentait prêt à anéantir de ses propres mains tous les démons qui se présenteraient à lui.

— Bon, on y va, Masachika ? demanda Sanemi en se levant doucement.

— Une bonne partie de chasse ensemble, cela faisait bien longtemps !

Acquiesçant d'un geste de la tête, Masachika se leva à son tour. Tout en s'étirant, il leva les yeux et regarda avec nostalgie le plafond de ce dojo qu'il n'avait plus eu le temps de fréquenter ces derniers temps. Sanemi plissa soudain les yeux.

— J'aurais malgré tout aimé pouvoir m'entraîner avec toi un peu, après tout ce temps.

— Rien ne nous empêchera de venir le faire après cette mission.

— On était restés à cent cinquante-neuf victoires, quarante-deux défaites et six nuls, soit un nombre de victoires écrasant pour moi.

— Menteur, c'est exactement l'inverse !

S'abstenant de rentrer dans le débat lancé par Masachika, ils quittèrent le dojo et partirent pour la ville où se trouvait l'habitation suspecte.

En chemin, Masachika continua de se plaindre.

— T'es vraiment pas sympa ces temps-ci, toi. Déjà que tu me dépasses depuis peu en taille, en plus…

— Et tu sais quoi ? De nous deux, je serai aussi le premier à devenir pilier !

— Alors ça, mon pauvre, tu peux rêver. Je refuse de devoir te payer une fondue au bœuf ! Et je vais aussi te prouver que j'ai plus de succès que toi avec les filles ! Tu vas voir !

— Allez, avance au lieu de parler !

— Au jeu de sumo avec des scarabées, je suis encore devant toi, je te rappelle ! Jamais je ne te laisserai gagner dans tous les domaines, tu as ma parole.

— La ferme et marche, cher disciple aîné !

Bien qu'ils soient en route pour une mission dangereuse, ces moments passés ensemble après des semaines d'éloignement semblaient faire extrêmement plaisir à Sanemi qui affichait – fait rare – un petit sourire aux coins des lèvres.

Ils avaient été prévenus au moment de l'annonce de leur mission, mais ils pouvaient désormais constater la réalité des faits : la ville où était située la demeure problématique était effectivement très éloignée du dojo. Pour couronner le tout, la maison en question était elle-même éloignée du centre-ville.

Lorsqu'ils arrivèrent sur place, le soleil était déjà bas à l'horizon. Le ciel, lourd de nuages, était de surcroît sombre, et la pluie menaçait de tomber à tout moment.

Le vent était d'un froid piquant.

— Nous y voici…

— Impressionnante, comme bâtisse, ajouta Masachika, admiratif.

Il est vrai qu'elle était splendide. Mais aussi ancienne. À cause de la végétation luxuriante qui avait poussé tout autour, la demeure, bien que dégageant une impression de tranquillité, paraissait lugubre.

— Par contre, qu'est-ce qu'elle est glauque…

Sous sa longue frange, Sanemi fronça les sourcils.

Même les jolies amaryllis du Japon qui parsemaient le sol autour de la maison avaient un aspect repoussant.

— Allons-y.

— Oui.

Sur ces paroles qui leur redonnèrent courage, ils posèrent un premier pied dans la demeure.

Quand soudain…

— ?!

Une odeur comme il n'en avait jamais senti auparavant parvint aux narines de Sanemi.

Ces effluves d'une grande intensité évoquaient tout autant l'odeur de l'encens, mais à un niveau difficilement supportable, que la pestilence dégagée par un cadavre. Et pourtant, elles lui parurent étonnamment agréables.

Mais la puissance était telle qu'il fut pris de vertiges.

— C'est quoi cette odeur ?

Sanemi secoua violemment la tête comme s'il tentait de se débarrasser du parfum.

— Dis, Masa…

Sanemi jeta un œil sur sa droite. Mais son ami ne s'y trouvait pas.

— Masachika ?

Il regarda tout autour de lui, mais n'aperçut rien d'autre que le vaste vestibule et son sol en terre battue dans lequel il se tenait, ainsi que le sombre couloir menant dans les profondeurs de la maison.

Il jeta à tout hasard un coup d'œil à l'extérieur, mais aucun indice ne laissait présager qu'il était ressorti. De toute façon, il était inenvisageable que Masachika ait pu quitter les lieux sans rien lui dire.

Face à cette brusque disparition, Sanemi chuchota, l'air méfiant : « Qu'est-ce qui s'est passé ? »

— Qu'est-ce qui s'est passé ?

Sanemi, qui marchait jusqu'ici à ses côtés, venait littéralement de disparaître. Volatilisé.

Après avoir longuement battu des paupières, Masachika finit par se décider à aller le chercher dans cette résidence saturée par cette douce odeur.

— Hé ho ! Où t'es parti comme ça, Sanemi ?!

Cette maison abandonnée, et donc dénuée de toute vie, était d'une froideur désagréable. Mais pas autant que le vide qui régnait ici.

Pour autant, l'endroit n'était pas entièrement dépourvu de meubles. Avaient-ils tout simplement été oubliés ? Difficile à dire. Toujours est-il qu'il en découvrit en différents endroits. Il nota entre autres la présence d'une coiffeuse dans une des pièces centrales de la maison, ainsi qu'une étagère vide en bois de palissandre. Toutes deux paraissaient de bonne qualité, mais de voir ces meubles posés là, comme jetés négligemment dans des recoins de pièces, ça leur donnait un côté déprimant.

— Sanemiii ! Où es-tuuu ?!

Masachika arpentait les différentes salles de la maison en criant le nom de son ami. Il visita la cuisine, les placards, les latrines – voire la salle de bains –, mais il ne trouva aucune trace de son collègue.

Pas l'ombre non plus d'une trace ayant pu être laissée par les enfants et pourfendeurs disparus. Encore moins par un quelconque démon…

— Il n'y a personne…

« Ils affirment n'avoir rien trouvé sur place. Ni démons, ni enfants ou pourfendeurs disparus, rien. Cette demeure était tout simplement vide. »

Se remémorant inopinément ses propres paroles prononcées avant de partir en mission, Masachika se renfrogna.

— Mais où as-tu donc disparu, Sanemi ?! Si t'es là, réponds-moi, et si t'es pas là, dis-le-moi aussi !

Il avait prononcé exprès cette idiotie dans l'espoir d'entendre son ami le traiter d'abruti et de le voir surgir de nulle part, abasourdi par sa bêtise, mais il n'en fut rien.

Il se tenait debout, hébété, dans l'un des nombreux couloirs lugubres que cette bâtisse renfermait. Son nez était toujours envahi par cette étrange odeur, mélange de douceur et de putréfaction difficile à supporter.

Depuis tout à l'heure, j'ai du mal à me dire si cette odeur est agréable ou déplaisante. Et puis elle est si forte que ma tête commence à tourner.

Le plus difficile était encore de dire d'où celle-ci pouvait bien provenir.

Il n'avait en effet pas constaté la présence d'encens en train de brûler dans les pièces visitées.

S'abritant le nez derrière l'une de ses manches,

Masachika tenta de se souvenir de tout ce qu'il avait fait et vu depuis son arrivée dans la demeure.

Sanemi a d'abord dit « allons-y », puis j'ai acquiescé. Nous sommes ensuite arrivés tous les deux sur le pas de la porte en treillis, nous sommes entrés… et c'est à partir de là que j'ai commencé à sentir cette odeur…

Mais c'est aussi à ce moment précis qu'il avait constaté la disparition de Sanemi.

Quelle que soit la façon dont il se triturait le cerveau, il ne parvenait pas à se rappeler quoi que ce soit d'autre. Pire : il avait même l'impression que ses souvenirs avaient tendance à devenir de plus en plus imprécis dans sa tête.

Finissant même par se demander s'il était vraiment venu jusqu'ici en compagnie de Sanemi, Masachika se tapota les joues.

— Ressaisis-toi, Masachika ! Et commence par te calmer, déjà !

Sur ces paroles censées le revigorer, il décida pour commencer de sortir de la maison.

Dès lors qu'il fut au contact de l'air frais extérieur, il retrouva toute sa vivacité intellectuelle et sa mémoire. Voyant désormais plus clair, il se retourna vers la bâtisse et l'observa de nouveau.

Il n'y avait ni étage ni dépendance.

Et alors qu'il cherchait le moindre indice pouvant indiquer qu'il existerait un éventuel sous-sol caché, une voix l'interpella derrière lui.

— Hé ! gamin. Qu'est-ce que tu fais ici ?

Il se retourna précipitamment et aperçut un vieil homme qui se tenait debout au niveau du portail à l'entrée du jardin. Si ses cheveux et sa barbe étaient blancs comme neige, il se tenait debout avec vigueur, sans le moindre bâton sur lequel s'appuyer. Entre la moue exprimée et son visage aussi raide que de la pierre, on avait manifestement affaire là à un personnage opiniâtre.

— Depuis quand se permet-on de pénétrer chez les gens ainsi ?

— Vous m'en voyez désolé.

Après avoir constaté que Masachika ne feignait pas les plates excuses qu'il exprimait à travers une révérence, il plissa les yeux et dit :

— Policier ?

L'uniforme noir rendait l'erreur compréhensible.

— Tu me parais bien jeune pour pouvoir déjà prétendre au poste.

— C'est simplement parce que je parais plus jeune que je ne le suis. On me dit souvent que j'ai un visage d'enfant.

Masachika profita du malentendu pour aller dans le sens de l'aîné. Devoir expliquer ici qu'il n'était pas policier mais pourfendeur aurait compliqué inutilement la conversation. L'organisation des pourfendeurs n'était en effet pas officiellement reconnue par l'État, et encore trop peu connue par la population. C'était une organisation privée.

Le vieillard se méfiait néanmoins de ce policier qui souriait de manière aussi insouciante, et demanda :

— Et que me veut la police ?

Masachika lui fournit la première excuse qui lui vint à l'esprit.

— Nous avons de simples vérifications de routine à faire auprès des résidents…

— Vérifier quoi donc ? Cette maison est vide. Plus personne n'y vit.

— Plus personne ?

Le pourfendeur, qui avait accroché sur ce dernier terme, s'approcha de l'homme.

— Sauriez-vous me dire qui habitait ici auparavant ? Pourriez-vous me renseigner ?

Cela pourrait éventuellement lui donner un indice sur le démon.

Il avait posé les questions rapidement. Le vieil homme posa une main derrière son oreille et lui demanda de répéter. Masachika rapprocha son visage et demanda de nouveau à plus haute voix :

— Qui est-ce qui vivait ici, précédemment ?! C'était vous, papy ?!

— Ne me crie pas dessus ! Tout d'abord, je n'en suis pas encore à un âge où on peut m'appeler papy ! Si je t'ai demandé de répéter, c'est parce que tu t'étais exprimé trop vite !

Comme il l'avait deviné, ce vieil homme allait lui donner du fil à retordre, sourit-il intérieurement.

Masachika fit usage de sa bonté naturelle et caressa le vieillard dans le sens du poil pour calmer ses ardeurs, afin de l'entendre dire enfin ce qui l'intéressait vraiment :

— C'était une très jolie jeune femme nommée Yae qui vivait durant ma jeunesse, en compagnie de plusieurs domestiques.

La jeune femme en question, qui avait perdu très jeune ses parents, s'était mariée très tôt, probablement pour oublier sa tristesse.

Cependant, son mari, qui avait l'apparence d'un acteur de théâtre et qui s'était donné des airs d'époux idéal les premières années, changea littéralement de caractère le jour où leur unique fille, Sae, vint au monde.

— C'était un homme horriblement violent.

Le vieil homme raconta que femme et enfant apparaissaient constamment criblées d'ecchymoses. Pour couronner le tout, l'homme vendit toutes les peintures et antiquités dont Yae avait hérité de ses parents en même temps que la résidence, et dépensa tout cet argent en jeu et alcool. À chaque reproche que Yae lui faisait, l'homme se vengeait en la frappant jusqu'à ce qu'elle tombe, inconsciente. Les domestiques, effrayés par l'homme, quittèrent leur poste et la maison.

En écoutant cette histoire, Masachika sentit la colère monter en lui.

— Le pire époux imaginable.

— Oh oui !

— Si j'avais été là à cette époque, je l'aurais probablement tué !

— À quoi cela peut bien servir de s'énerver contre une histoire du passé ? Tais-toi et écoute-moi plutôt.

Constatant que Masachika s'indignait avec la même vigueur que s'il était lui-même impliqué, le vieil homme afficha une certaine stupéfaction, mais surtout une petite pointe de satisfaction. Le pourfendeur le sentit soudain plus décontracté.

— Tu peux être rassuré, gamin, l'homme a reçu un châtiment divin bien mérité.

Un matin de forte averse, le cadavre du bourreau noyé fut retrouvé en bordure de rivière par un villageois.

On devina que, la visibilité étant aussi mauvaise que le sol était glissant, il avait dû déraper et tomber dans le cours d'eau en furie. De toute façon, personne ne ressentit le moindre regret à la suite de sa disparition.

— Tout le monde se sentit soulagé pour le bien-être de Yae et de sa fille qui allaient enfin pouvoir trouver le bonheur, sauf que…

Alors même que son mari tortionnaire venait de mourir, c'est sa fille Sae qui tomba gravement malade.

Sincèrement désolée pour ce que devait vivre la demoiselle, la ville entière lui proposa son aide. Le vieillard, qui avait alors à peu près le même âge que la fille de Yae, se souvint que sa mère lui confiait régulièrement des produits à leur offrir en guise de soutien.

— Je peux t'assurer que Yae se dévouait corps et âme pour sa fille…

Lui rafraîchir le front, lui faire avaler du gruau de riz, lui essuyer la sueur du corps, laver les vomissements… la jeune femme ne s'arrêtait jamais. Et pour effacer les effluves de médicaments et de solutions antiseptiques, mais aussi pour apaiser l'esprit de sa fille malade, Yae faisait constamment brûler de l'encens chez elle.

Mais malgré ce dévouement total, et surtout malgré une guérison qui semblait en bonne voie, la situation s'aggrava.

Elle devint un jour incapable de s'exprimer, et mourut moins d'une dizaine de jours plus tard.

Le vieux, s'étant vraisemblablement remémoré ces événements passés, poussa un long soupir.

— Le soir de la veillée funèbre, devant le miroir de la pièce où se trouvait le corps de Sae, Yae s'effondra en larmes.

— Devant le miroir ?

— Celui de la coiffeuse. Un souvenir hérité de la mère de Yae. Un magnifique objet qu'elles se léguaient de mère en fille dans leur famille. La coiffeuse fut apparemment fabriquée sur commande par une de ses ancêtres pour qu'elle soit dotée d'un miroir capable d'exorciser les esprits malveillants, et j'ai souvenir qu'elle l'avait protégé contre vents et marées face aux menaces de son mari. Elle était persuadée que ce miroir les protégerait des violences de cet homme. Et pourtant…

Le vieil homme ne trouvait pas les mots.

Même ce miroir, pourtant censé faire office de talisman, avait été incapable de protéger cette pauvre mère et sa fille.

— Qu'est-il advenu de Yae par la suite ?

Cette question, que Masachika posa avec réticence, fit froncer les sourcils blancs comme neige du vieil homme. « Eh bien », gémit-il.

— Peu de temps après l'enterrement de Sae, on découvrit un matin que sa tombe, située dans le jardin, avait été exhumée, et que le cadavre avait disparu.

Les villageois crurent tout d'abord à des chiens errants qui l'auraient déterrée pour dévorer ses restes, mais ils constatèrent que, étrangement, les habits portés par le cadavre de la petite étaient, eux, toujours présents et en parfait état.

— La tristesse fut telle pour Yae qu'elle finit par quitter le village, le pas chancelant comme un fantôme. Personne ne sait ce qu'il advint d'elle par la suite.

— Personne n'a emménagé dans cette demeure ensuite ?

— Non. Elle est restée vide.

Le vieillard qui prononça ces mots ressentait incontestablement une certaine affliction pour le destin de cette pauvre fille morte trop jeune et sa mère. Il révéla en effet revenir chaque jour pour faire semblant de s'occuper de la tombe vide.

— Il faut dire que la bâtisse est magnifique. Rien ne dit qu'elle ne sera pas visée un jour par des malfrats pour servir de base à leurs méfaits.

— Vous avez raison, cela serait fort triste, acquiesça Masachika, le regard grave.

Le vieil homme opina également.

— C'est d'ailleurs parce que j'ai aperçu deux gaillards à la mine patibulaire et au comportement tapageur aller en direction de cette maison que je me suis décidé à venir voir ce qu'il en était…

Il scruta plus en détail le visage de Masachika. Mais ce dernier ne releva pas l'insinuation et se contenta de dire, d'un air étonné :

— Vous avez vu des gens pareils ? Et où sont-ils actuellement ?

— Imbécile ! C'est de toi que je parle, répliqua le vieillard, ébahi. Mais bon, à bien y regarder, tu sembles bien trop benêt, ou en tout cas inoffensif. Mais où est donc cet ami au regard méchant qui t'accompagnait ? Il est encore dedans ?

Et alors que l'aîné portait un regard suspicieux vers la demeure, Masachika s'écria dans sa tête : « C'est Sanemi ! »

C'est forcément lui, pas de doute possible !

Il était donc bien venu jusqu'ici en sa compagnie. Et il avait visiblement bien disparu.

C'était forcément l'œuvre du pouvoir du démon. Celui-ci devait lui permettre de faire disparaître mystérieusement les hommes qu'il avait choisis, et il les emportait quelque part ensuite.

Mais pourquoi Sanemi et non pas lui ?

Il doit forcément y avoir un point commun existant entre Sanemi, les pourfendeurs et les enfants enlevés.

Tandis que Masachika se perdait dans ses pensées, le vieil homme se lança dans un résumé de la situation :

— Voilà, tu connais maintenant l'histoire de cette demeure. Et policier ou non, cela reste insultant pour la mémoire du lieu de continuer à piétiner cette terre. Va donc retrouver ton ami et rentrez chez vous. C'est compris ?

Sur ce dernier avertissement, l'homme se retourna et quitta les lieux calmement.

Masachika l'accompagna du regard, puis se retourna pour admirer la bâtisse encadrée par son écrin de végétation. Après avoir écouté l'histoire racontée par l'aîné, ce n'était plus un sentiment d'angoisse qu'il éprouvait à l'égard de ce bâtiment, mais de la mélancolie.

Où Yae avait-elle bien pu aller après avoir perdu sa fille ?

Et si…

Se pourrait-il qu'elle soit le démon en question ?

Que Muzan Kibutsuji ait pu offrir son sang à cette femme tombée dans les limbes du désespoir après avoir perdu la chair de sa chair lui ressemblerait fortement. Désormais transformée en monstre, elle aurait alors décidé de se focaliser sur les enfants en souvenir de sa fille.

Mais où pouvait-elle bien se trouver ?

Elle, mais également Sanemi, les enfants et les pourfendeurs disparus ?

C'est alors qu'une idée lui vint à l'esprit.

Au bout de ce couloir aussi lugubre qu'interminable, il parvint dans la pièce aux tatamis. Dans cette salle, où le problématique parfum dominait de manière plus intense, étaient alignées six couchettes.

— Qu'est-ce que c'est que ça ?

La vision de ce spectacle étrange fit froncer les sourcils de Sanemi.

Une jeune femme de faible constitution et dont les longs cheveux noirs étaient attachés à une boule derrière elle multipliait des allers-retours d'un pas pressé entre deux des lits. Sur ces literies d'une pâle blancheur étaient couchés quatre enfants et deux pourfendeurs.

Cependant, deux de ces enfants et l'un des pourfendeurs n'étaient manifestement déjà plus de ce monde. Des mouches posées sur leurs globes oculaires et des asticots sur leur peau faisaient un festin.

Les deux petits encore vivants étaient tous deux d'une grande maigreur, et scrutaient le plafond de leurs yeux opaques.

Quant au pourfendeur couché sur le lit le plus à droite, son corps entier était enveloppé dans des bandages imbibés d'une grande quantité de sang.

Visiblement perclus de douleurs, il poussa des gémissements semblables à des coassements de grenouille, puis toussa violemment. Une toux qui le fit vomir.

— Hou la la ! ça recommence, mon pauvre, s'exclama la femme.

Sur ces mots, elle essuya gentiment ses vomissures à l'aide d'une serviette, et lui fit boire de l'eau dans la foulée. Le liquide qu'il ne parvint pas à ingurgiter dégoulina le long des commissures de sa bouche.

Elle nettoya ensuite la sueur qui perlait sur le front du jeune homme, le fit s'asseoir sur son lit pour qu'il puisse respirer avec plus d'aisance, puis se mit à coiffer ses cheveux gras.

— Allez ! Faites-vous beau comme moi !

La jeune femme émit alors un rire plein de tendresse, tout en continuant de se coiffer.

Tout laissait penser à une mère s'occupant de ses enfants.

Sauf que la mère en question n'était pas humaine.

— Ne vous inquiétez pas, mes enfants, je serai toujours là pour vous protéger.

Aux coins de la bouche de la femme qui caressait une petite fille dépassaient deux crocs acérés, et ses yeux étaient rouges comme le sang.

— D'ailleurs, un nouveau petit est venu nous rejoindre aujourd'hui. J'espère que vous vous entendrez bien avec lui.

À cet instant précis, la femme posa ses yeux sur Sanemi. Comme si de rien n'était, elle repoussa une mèche de ses cheveux qui recouvrait la moitié gauche de son visage derrière l'oreille. Son œil gauche ainsi révélé, il était possible d'y lire les symboles « inférieur un ».

Sanemi la regarda droit dans les yeux.

Ces symboles inscrits dans l'œil étaient la preuve qu'elle était un démon sous le contrôle direct de Muzan Kibutsuji.

— Ah ouais, d'accord, une des douze lunes démoniaques…

Il plissa les yeux.

Cette engeance n'avait rien à voir avec les sous-fifres qu'il combattait habituellement. Parmi tous les démons supérieurs, celui qui se trouvait face à lui faisait partie du groupe des douze plus puissants du fait de la concentration élevée en sang de Muzan Kibutsuji qui leur avait été attribuée. La haine et l'excitation qu'il sentit monter intérieurement lui donnèrent la chair de poule.

Sabre du soleil en main, Sanemi s'élança d'un puissant coup de pied donné au tatami.

Ne souhaitant infliger aucun dommage collatéral à personne, il s'appliqua à essayer de ne viser que le cou de la femme. Il concentra son attaque sur un point précis sans que cela n'affecte sa puissance. Mais malgré sa grande maigreur, il suffit au démon d'agiter légèrement son bras pour parer le coup de Sanemi.

La fleur de couleur écarlate qui était plantée dans sa coiffure luisante oscilla à peine.

Comme si une simple brise venait de l'éventer.

— Quoi…?!

— Tss, je n'aime pas du tout ces petites blagues.

S'amusant du regard surpris de Sanemi, la première lune inférieure esquissa un léger sourire. Son visage beau comme une fleur laissait entendre qu'elle comptait bien réprimander le petit garçon facétieux qui lui faisait face.

La considérant, Sanemi lui demanda :
— Qu'as-tu fait de Masachika ?
— Masachika ? Ah oui, lui. Je n'en voulais pas. Oublie-le. Il semble être à ta recherche, mais je présume qu'il finira par abandonner et rentrera vite chez lui. Tu es le seul qui m'intéresse.

Le démon sourit et scruta intensément les yeux de Sanemi en se mettant juste devant lui.

« Mon pauvre », murmura-t-elle alors. Avant de tendre un doigt squelettique vers sa joue.
— ?!

Au moment où le doigt du démon entra en contact avec lui, Sanemi fit un bond en arrière pour s'éloigner, puis se remit en position de combat.

Son doigt n'ayant plus rien à toucher, la femme caressa sa lèvre supérieure à la place et plissa ses yeux rouges dont on discernait un fond noir.
— Toi, je devine que tu as été maltraité par tes parents. Cela peut se lire dans tes yeux. C'est ton père ? Ta mère ? Ou bien les deux ?
— Ordure !!

Ne supportant pas l'insulte faite à sa mère, Sanemi, dont le sang commençait à lui monter à la tête, fit virevolter sa lame autour de lui.
— Crève !!

— Hou là, ce qu'il peut être têtu, celui-là !

D'un bond léger, elle esquiva sans problème le sabre de Sanemi.

— Je ne suis pas contente ! Un enfant ne devrait pas manipuler d'arme comme ça !

Et le démon rigola de bon cœur.

Le parfum ambiant gagna encore en intensité.

L'instant suivant, tous les objets qui occupaient cette salle se transformèrent.

— …

Tous les murs de la pièce avaient été remplacés par de la chair sanguinolente, ce qui ne manqua pas de provoquer l'ébahissement du pourfendeur.

De la même manière, les couchettes sur lesquelles étaient allongés enfants et pourfendeurs se métamorphosèrent en un gros amoncellement de chair moelleux.

— Mais c'est quoi, ce lieu dégueulasse ?!

— Mon ventre.

Le démon avait prononcé ces paroles abjectes posément, avec un sourire très affectueux.

— Dorénavant, tu m'appartiens, mon petit.

— Quoi ?

— Tu ne me crois pas ? Même en faisant ça ?

Les trois cadavres furent engloutis par la chair dans un bruit immonde. Toutes les cloisons constituées de viande autour se mirent à battre comme des artères.

« Je me suis régalée », annonça fièrement le démon en caressant ses lèvres rouges.

— Qu'as-tu fait des corps, pourriture ?!

— Je les ai dévorés, pardi ! Quelle question !

Le démon avait répondu au ton calme que Sanemi s'était efforcé de conserver pour cacher sa colère avec un grand sourire.

— Je les ai renvoyés d'où ils viennent, c'est-à-dire dans mon ventre. Nous sommes ainsi de nouveau réunis pour l'éternité.

Elle avait prononcé ces paroles, les mains posées sur son buste, avec une affection et un amour tels qu'il en eut la nausée.

Mais avant même de se préoccuper de l'endroit où il était, son esprit aurait dû se focaliser en priorité sur la décapitation de cette engeance.

— Bon, avant toute chose, tu vas arrêter tout de suite de jouer à la maman, tu es ridicule.

— De jouer ? Qu'est-ce qu'il ne faut pas entendre ? Comment peux-tu imaginer que je sois en train de m'amuser ? J'essaie d'offrir un peu de bonheur et de chaleur humaine à ces pauvres enfants qui ont connu une enfance triste. Ayant moi-même perdu ma fille, je sais ce qu'ils ressentent. J'arrive à sentir tout de suite en eux leurs souffrances… leur détresse. J'essaie ainsi d'offrir un peu d'affection à ces pauvres enfants.

— Ne te moque pas de moi ! s'emporta Sanemi. Tu n'as pas plus d'instinct maternel que moi ! En quoi as-tu réussi à les soulager de leur affliction en faisant ce que tu viens de faire, hein ?!

Le hurlement fit réagir le pourfendeur survivant. Après avoir péniblement soulevé son buste pour s'asseoir, il tourna son visage en direction des deux belligérants.

Son visage lui disait quelque chose.

— Mais tu…

— A… Aah…

Il devait s'agir d'Uraga, l'un des pourfendeurs issus de sa promotion, rencontré lors de la dernière épreuve. C'était un garçon puissamment bâti.

D'une voix très affaiblie, probablement parce que sa gorge avait été écrasée, Uraga tenta de faire passer un message à Shinazugawa.

— Ai… de… moi…

Il tendit comme il put ses bras amaigris dans sa direction.

Quand le démon vit cela, son visage se décomposa.

L'engeance marcha sans un mot en direction d'Uraga et leva son bras droit. L'ongle du démon s'étira vers le cou d'Uraga, mais Sanemi intervint immédiatement et sortit son camarade de son lit de chair.

Normalement de forte corpulence, Uraga était devenu si maigre qu'il lui parut léger.

Alors que Sanemi venait de le déposer à suffisamment grande distance du démon, le pourfendeur blessé attrapa sa veste et le retint avec une poigne étonnamment énergique.

— Ma ché… rie… m'a… ttend… Je t… en supplie… je ne… veux pas… mourir…

Uraga lui avait précédemment expliqué que, en raison d'une très mauvaise entente avec ses parents, et particulièrement avec sa mère, il avait toujours rêvé de créer une famille très tôt.

Sanemi serra les dents en silence.

Il savait que, quand bien même son collègue bénéficierait dès maintenant de soins, il n'aurait pas plus d'une chance sur deux de survivre.

— Sau… ve… moi…

— Tout va bien se passer, Uraga. Ne parle plus, maintenant.

Et alors que Sanemi s'apprêtait à relâcher la main de son collègue, le démon s'exprima dans son dos avec calme :

— Alors toi aussi, ça y est, tu comptes abandonner ta mère ?

Elle fixait Uraga avec un regard d'une froideur absolue.

— Et toi, tu es comme lui. Un ingrat. Tu es en train de gâcher tout ce temps que j'avais dépensé sans compter pour toi. Tu ne mérites pas de vivre. Je ne veux plus te voir. Meurs.

— Hein ? Mais t'es complètement folle, ou quoi ?

— Aaaaah…

Tandis que Sanemi s'expliquait avec le démon, Uraga, à ses côtés, prit sa tête dans les mains.

Les tremblements de son corps s'intensifièrent petit à petit.

— Aaah… Raaah… aaaah…

— Hé !

Comprenant que quelque chose n'allait pas, Sanemi attrapa Uraga par les épaules.

— Shi… na… zu… gawa…

Un court instant, son camarade de promotion l'implora du regard. Il pleurait à chaudes larmes. Uraga secoua légèrement la tête, comme s'il avait du mal à accepter quelque chose, puis son regard changea et il afficha un sourire, toujours en pleurant :

— Je ne… peux pas… Je re… fuse de tra… hir ma…

mère...

Sur ces paroles prononcées sous la contrainte, il prit un couteau sous son uniforme de pourfendeur et se trancha la gorge avec.

Une giclée rougeâtre jaillit, et une pluie de sang frais s'abattit sur le visage de Sanemi.

— Uragaaa !!
— Graa... aah...

Durant quelques secondes, le corps d'Uraga, qui venait de s'effondrer comme un pantin désarticulé sur le sol de chair, fut pris de spasmes provoqués par la violente souffrance qu'il devait ressentir, puis se calma. Une dernière larme s'écoula sur la joue du supplicié.

— Ordure ! Qu'est-ce que tu viens de lui faire !!

Sa voix tremblait de colère.

— Oh, mais pourquoi t'énerves-tu ainsi ? Tu l'as pourtant bien entendu comme moi : il m'a décrite comme la vilaine de l'histoire ! Alors que mon seul souhait dans la vie est de vivre en paix avec mes enfants adorés. Tout ce qu'il a tenté de faire, c'est de gâcher tous mes efforts ! Piétiner mes sentiments ! Il était donc juste qu'il meure pour expier ses fautes !

C'est avec un visage redevenu bienveillant qu'elle s'exprima.

Il sentit que quelque chose venait de se briser en lui.

— Mooooonstre !!

Le rugissement de Sanemi résonna dans toute la pièce.

— Sanemi ?

Il eut l'impression d'entendre la voix de son ami, alors que celui-ci n'était pourtant nulle part.

Masachika se trouvait à ce moment dans la pièce aux tatamis de la demeure. Devant lui se tenait le miroir de la fameuse coiffeuse dont avait parlé le vieil homme. Il était incapable de s'expliquer pourquoi il revêtait désormais une telle importance pour lui. Cependant, dans l'hypothèse où Yae serait bien devenue un démon, cet objet était la seule piste qu'il avait.

Il s'agenouilla devant ce miroir qui était recouvert d'un tissu magnifiquement brodé.

Mis à part son évidente ancienneté, la coiffeuse ne se distinguait en aucune manière : elle était tout à fait normale. Toutefois, Masachika nota que la poignée du tiroir était constituée d'une matière qui ressemblait beaucoup à celle de son sabre du soleil. Pour un miroir capable d'exorciser les esprits malveillants, il était probable qu'il soit constitué en partie de fer collecté sur les pentes du mont Yoko. Ce fer, pour avoir longtemps baigné dans la lumière du soleil, s'octroyait ainsi le pouvoir de repousser démons et autres engeances malveillantes.

Il posa ses doigts sur la poignée terne et la tira vers lui.

Le tiroir était vide.

Pour être sûr de n'avoir rien manqué, il inséra sa main droite au fond du tiroir et toucha alors un objet au toucher rugueux.

— ? Qu'est-ce que c'est que ça ? Et il y a quelque

chose… Du papier ? Il semble collé…

Il le décolla soigneusement pour éviter de le déchirer et le sortit du tiroir. Il s'agissait d'un papier de mauvaise qualité maladroitement plié. Il le déplia sans grand enthousiasme et observa ce qu'il y avait à l'intérieur.

Masachika sentit alors son sang se glacer.

Il était face à une succession de phrases écrites de manière tortueuse, avec du sang noirci par le temps.

Ma mère m'a fait boire du poison.
Ma mère m'a brûlé la gorge.
Ma mère m'a écrasé les oreilles.
Ma mère m'a arraché les cheveux.
Ma mère m'a retourné les ongles.
Ma mère m'a brisé les os.
Ma mère m'a prise dans ses bras et a pleuré.
Ma mère m'a dit qu'elle ne me désirait pas.
Ma mère m'a dit qu'elle tenait à moi.
Ma mère a tenté de me tuer.
À l'aide, à l'aide…

Vers la fin, les mots n'étaient même plus lisibles.

Masachika lâcha involontairement le papier pour porter sa main à la bouche, mais s'empressa tout de suite de le récupérer avant qu'il ne touche le sol. Il entendit la lettre se froisser entre ses mains.

Je ne comprends pas, c'est la maman qui l'aurait tuée ? Impossible…

Il ne voulait pas y croire. S'il en croyait le récit du vieil homme, il se trouvait actuellement dans la chambre de Sae.

Yae aurait… assassiné…

Cela bouleversa ses certitudes.

L'image qu'il s'était faite de cette brave et pauvre jeune femme venait subitement de se briser.

Abasourdi, Masachika observa la coiffeuse. Ce miroir avait tout vu. Vu la véritable apparence de cette prétendue femme aimante ayant longuement veillé sa fille.

Mais alors, qu'en était-il de la mort du mari ? Était-ce réellement un accident ?

Et qui avait donc exhumé le cadavre de Sae ?

— Hou…

Les macabres pensées qui l'assaillirent lui donnèrent la nausée.

Ces lettres de sang suppliant de l'aide étaient à certains endroits tachées par les larmes de la petite.

S'était-elle mordu l'extrémité d'un doigt pour écrire ? Toujours est-il qu'il était aisé de deviner le désespoir et l'effroi vécus par cette fille qui ne devait même pas avoir dix ans, tant la douleur se lisait dans son écriture.

Le champ de vision de Masachika se brouilla.

Pauvre petite…

Ses souffrances et sa peur ont dû être terribles.

Ce fut cette fois une larme de Masachika qui vint troubler les lettres de sang.

Quand tout à coup…

— Sanemi ?

Alors que la puissante odeur envahissant ses narines faiblissait sensiblement, il entendit de nouveau la voix de son ami. Cette fois, le son était nettement plus distinct que précédemment.

— C'est toi, Sanemi, je le sais ! Dis-moi où tu es !!

Masachika s'était levé brusquement et observait les alentours. Son sabre du soleil heurta alors accidentellement le tissu recouvrant le miroir. L'étoffe de soie chuta sur le tatami.

« Mince », se dit Masachika en s'agenouillant pour récupérer le tissu, se tenant par là même juste en face du miroir.

Le pourfendeur s'immobilisa alors net.

— Hein ?

Sanemi était là. À l'intérieur du miroir.

Il se tenait debout, à peu près au centre de la pièce à tatamis, et combattait une femme démon. Ou plutôt, non, la situation différait quelque peu.

Étrangement, son ami dirigeait sa lame dans la mauvaise direction. Le démon à l'apparence de femme semblait observer la scène avec amusement, à quelque distance de lui. Masachika pâlit en voyant cela.

— Pas par là, Sanemi ! Le démon est derrière toi !!

D'un geste du pouce, Masachika fit sortir la lame de son fourreau, puis se retourna promptement.

— ?!

Personne. Ni démon ni ami ne se trouvait derrière lui.

— Pourtant, ils sont bien là tous les deux…

Perplexe, Masachika posa à nouveau son regard sur

le miroir.

Dans la pièce aux tatamis du miroir, Sanemi était actuellement dans les airs en train d'effectuer une attaque. Le démon le regardait toujours en le raillant.

Il comprit alors enfin ce qui clochait, et qui était à l'origine de son malaise.

Sa silhouette n'apparaissait pas dans le miroir. Autre chose : l'étagère présente dans le coin opposé de la pièce ne s'y reflétait pas.

— Ce n'est pas… ici ?

Cela signifiait-il qu'il assistait à une scène en cours dans une autre pièce ?

Mais lorsque Masachika se pencha pour distinguer plus de détails, la silhouette de son ami disparut aussitôt du miroir, laissant place à la sienne. Devenu blême, Masachika s'empara du miroir des deux mains.

— Attends !! Dis-moi où se trouve Sanemi, je t'en prie !!

Il secoua violemment l'objet… puis cessa.

Il venait en effet d'apercevoir la présence d'une étagère dans le coin opposé de la pièce du miroir. Pour couronner le tout, il remarqua aussi qu'un encensoir plus que suspect était posé dessus. Mais en se retournant à nouveau, il constata que l'étagère présente derrière lui était toujours aussi vide.

— Que…

Il n'y comprenait rien.

Sidéré, il regarda à nouveau dans le miroir.

En fixant intensément son regard sur l'encensoir qui apparaissait sur l'étagère, il s'aperçut que l'encens brûlait et qu'une fumée rougeâtre s'en échappait. C'était toujours l'odeur de ce mélange de putréfaction et de douceur qui dominait dans cette pièce.

Il eut un mauvais pressentiment.

« C'est pas vrai… Mais alors, ce parfum servirait… » murmura-t-il, lorsqu'il distingua dans le miroir la fumée rougeâtre osciller.

Dans un coin de sa tête, il crut entendre la voix de la petite fille résonner. « À l'aide… »

Une voix si jeune. Celle d'une petite fille défunte.

— Et mince… Pourquoi je ne la touche pas ?!

— Que tu peux être stupide ! Je te l'ai pourtant expliqué ! Tu te trouves dans mon ventre. Personne ne peut me blesser.

Alors que Sanemi s'agaçait de constater que son énième attaque était encore manquée, le démon s'était à nouveau évertué à lui expliquer les raisons de son échec comme s'il parlait à un bambin.

Il lui était difficile de l'admettre, mais sur la deuxième partie du combat, le démon avait raison. Aucune de ses attaques n'était parvenue à toucher son ennemi, pas plus que les murs de chair qui l'entouraient.

Par la suite, ce fut le tour du cadavre d'Uraga d'être absorbé. Il lui serait désormais impossible de rapporter les restes du jeune pourfendeur auprès de sa promise. C'était la chose qui le tourmentait le plus.

— Quand vas-tu enfin te décider à abandonner ? Tu es mon enfant, désormais. Je prendrai soin de toi toute ma vie, je te le promets. Je resterai toujours à tes côtés. Alors, épargne-moi ces gesticulations inutiles. Viens, je vais te faire un petit câlin. À moins que tu ne préfères que je te chante une berceuse ?

— La ferme ! mugit Sanemi.

Sa manière de se moquer de moi me débecte !

La pire des insultes était qu'elle ne s'attaquait jamais à lui. Elle forçait Sanemi à enchaîner les attaques les plus fatigantes pour l'épuiser, et s'amusait à le voir faiblir peu à peu.

Il devait faire quelque chose pour s'échapper d'ici s'il voulait avoir une chance de gagner. Mais comment ?

Là était le problème. C'était un cercle vicieux.

Si j'arrivais au moins à sortir d'ici les gamins encore en vie...

Les deux enfants en question étaient actuellement dans un coin de son champ de vision. Depuis tout à l'heure, l'état du garçon le préoccupait. Était-ce simplement les conséquences d'une fièvre ? Toujours est-il que son corps tremblait fortement. La petite fille, elle, semblait aller encore bien, mais tous deux nécessitaient clairement d'être rapidement pris en charge pour être soignés.

Et pour cela, il lui fallait sortir rapidement, et donc se débarrasser du démon. Or, tant qu'il resterait dans cet environnement, il lui serait apparemment impossible de ne serait-ce qu'effleurer l'engeance.

Ça m'énerve !

Le démon s'esclaffa en lisant la colère sur le visage de Sanemi. Mais étonnamment, son sourire s'effaça tout à coup.

— Pourquoi...?

— Quoi encore?!

Il se demanda d'ailleurs si le questionnement du démon le concernait vraiment, puisque ses yeux fixaient autre chose que lui. Il observait le vide, abasourdi.

— Mais qui est cet enfant?

Le regard du démon n'affichait plus du tout les mêmes certitudes qu'avant. La femme ajouta en chuchotant, comme si elle délirait:

— Il n'est pourtant pas censé pouvoir nous voir!

— Mais qu'est-ce que tu racontes depuis tout à l'heure?

Le ton était à la méfiance. Et dans la foulée, il entendit le bruit d'un objet en porcelaine se brisant quelque part.

Tandis qu'il s'interrogeait sur la provenance et l'origine de ce bruit, Sanemi vit son champ de vision changer intégralement.

— Quoi?!

En un clin d'œil, le monde rougeâtre de chair et de sang qui l'entourait redevint la pièce aux tatamis d'origine, et le démon qui était supposé se trouver juste devant lui se tenait désormais en diagonale derrière lui.

Sanemi fit un bond et se retourna pour lui faire face, tout en s'écartant de lui.

C'est à n'y rien comprendre!

À bien y regarder, tout n'était pas redevenu exactement comme avant. Les literies toutes blanches avaient disparu. Les enfants survivants étaient allongés au sol, et les traces de coup de sabre de Sanemi étaient finalement bien visibles sur les murs, les panneaux coulissants, les tatamis et le plafond.

C'est ainsi qu'il comprit.
Une illusion…
Toutes ces couchettes blanches comme neige, ces murs de chair et ce monde malsain dans lequel il s'était trouvé, et même le démon lui-même…

Voilà pourquoi aucune de ses attaques n'atteignait sa cible.

Et maintenant qu'il y prêtait attention, même cette horrible et incompréhensible odeur, mélange de douceur et de putréfaction, s'était évanouie.

La pourriture… Elle s'est moquée de moi!

Apprendre qu'il s'était fait tout ce temps berner par une illusion le rendit furieux.

Même s'il avait bien compris qu'il ne se trouvait pas réellement dans le ventre du démon, il s'était vraiment cru enfermé dans une sorte de dimension parallèle, ce qui l'avait forcé à se focaliser sur l'assassinat du démon pour pouvoir se sortir de là. Trop occupé à cela, il n'avait pas su deviner la réalité des choses.

En bref : il s'était fait avoir comme un bleu.

Mais d'ailleurs, pourquoi son pouvoir a-t-il subitement disparu ?

Il oublia immédiatement tous ses doutes et ses interrogations en entendant une voix connue crier.

— Sanemiii!! Où es-tu?!

— !!

Il ne se fit pas prier pour répondre à cette voix qui avait failli lui manquer.

- Masachikaaa!! cria-t-il en retour. Je suis ici!!

Quelques secondes plus tard, l'écho de pas pressés résonna dans le couloir, avant qu'il n'aperçoive la silhouette de son ami, qui était passé en trombe à travers la porte coulissante déjà ouverte, apparaître sur le pas de la porte.

— Sanemi... Ouf, je suis arrivé à temps.

Son collègue, qui lui adressa en premier lieu ces paroles en entrant, avait de grosses gouttes de sueur qui perlaient sur son front et la respiration haletante.

— Tant mieux...

Le soulagement se lut aisément sur son visage.

Mais le grand sourire affiché par Masachika ne l'empêcha pas de deviner tous les efforts qu'il avait dû employer pour trouver un moyen de le sortir de cette situation périlleuse.

Sa colère et son agacement s'effacèrent rapidement.

Même s'ils étaient séparés, Masachika avait continué de se battre, à sa manière, à ses côtés.

Un sourire naturel se dessina sur ses lèvres.

— Tu m'as rendu un fier service, Masachika ! s'exclama-t-il.

— Qu'est-ce que tu crois ? Je ne suis pas ton disciple aîné pour rien !

Il rigola de bon cœur.

Se fondant sur l'emplacement qu'il avait aperçu dans le miroir, Masachika découpa l'étagère avec son sabre du soleil. Il entendit alors le bruit d'un objet en porcelaine se brisant, mais surtout constata la disparition de l'odeur ambiante.

Après avoir remarqué la présence au sol de morceaux de bois provenant de l'étagère ainsi que des fragments de l'encensoir, Masachika sortit dans le couloir et cria de nouveau le nom de son ami. Celui-ci répondit enfin à son appel.

Cavalant en direction de la voix, il découvrit que le cul-de-sac au bout du couloir avait disparu et laissait désormais place à une nouvelle pièce à tatamis tout au fond.

Masachika se précipita dans la salle, dont la porte coulissante était déjà ouverte, et aperçut la femme démon, deux enfants ainsi que son ami visiblement en bonne santé.

— Sanemi… Je suis arrivé à temps.

Aucune nouvelle blessure ni sang sur lui, observa-t-il.

Cela le rassurait de voir qu'il n'avait pas compté sur son « rare sang » pour combattre l'engeance. Ce n'était pas le moment de se réjouir, mais il ne put s'empêcher d'en sourire.

— Tant mieux…

Il se rapprocha de Sanemi et put apercevoir – fait rare – la blancheur de ses dents.

— Comment t'as fait ça ? Comment as-tu brisé son illusion ?

— Dans l'autre pièce aux tatamis se trouvait un miroir capable d'exorciser les esprits malveillants que la famille de ce manoir se lègue de mère en fille.

Il lui expliqua aussi avoir trouvé la lettre écrite en caractères de sang par la fille assassinée par sa mère, au fond du tiroir de la coiffeuse… mais aussi qu'il était fort probable que l'âme tourmentée de la petite avait exigé de ce miroir qu'il révèle la vérité, c'est-à-dire ce qu'était devenue sa meurtrière de mère.

Il lui expliqua aussi brièvement que l'encensoir qu'il avait réussi à briser avait permis de faire disparaître le puissant parfum qui avait envahi les lieux.

Sanemi, qui disposait d'une faculté de compréhension supérieure à la moyenne, comprit très vite là où Masachika voulait en venir.

— Et cette mère qui a tué sa fille, c'est bien ce que je pense ?

— Oui, le démon.

Masachika lança un regard furieux sur le démon.

— Et oui. Malheureusement pour toi, le miroir possède effectivement un tel pouvoir.

La femme fixa à son tour les yeux de Masachika, tout en lâchant un rire glacial. Il put apprécier pleinement les caractères inscrits dans son œil gauche : « première lune inférieure ». Une des douze lunes démoniaques. Cette monstruosité était ce qu'il y avait de plus proche de Muzan Kibutsuji parmi tous les démons qu'il avait combattus jusqu'ici.

Mais étrangement, Masachika ne ressentit aucune peur particulière l'envahir, ni aucune excitation. Seulement une immense colère.

Cette femme avait assassiné Sae. Et cette femme était un démon.

Et cela était déjà le cas depuis longtemps durant la période où elle vivait auprès des gens, se cachant sous une apparence humaine.

— Mais il ne m'a jamais protégée contre ce monstre de mari qui me cognait. Ce miroir n'a d'exorciseur que le nom ! Il ne m'a jamais protégée de rien !

— Sae, en revanche, nous a sauvé la vie.

Est-ce une malédiction ? À moins que la fille n'ait agi délibérément ainsi pour empêcher que sa mère ne poursuive ses crimes ?

Au moment de s'imaginer le désespoir qu'avait dû vivre la petite fille lors de sa mort, Masachika serra fermement le poing.

Le démon murmura quelques mots :

— Cette petite m'a encore trahie.

— !!

L'entendre encore se plaindre ainsi de sa fille fit définitivement exploser de rage Masachika.

— Comment peux-tu en arriver à une conclusion pareille ?! C'est toi qui l'as trahie !! C'est toi qui l'as tuée à petit feu !! Et alors qu'elle se remettait enfin de sa maladie, tu l'as achevée avec du poison et lui as écrasé la gorge et les oreilles ! Brisé les jambes !! Comment peut-on faire subir ça à sa propre fille, nom d'un chien ?! À sa propre chair qu'on a mise au monde avec tant de souffrances ?!

Sa voix tremblait de colère.

Mais aucune émotion ne se manifesta dans les yeux du monstre. Cette discussion ne l'intéressait pas le moins du monde.

La colère en lui se changea en tristesse.

— Yae… Je ne te le pardonnerai jamais.

Entendre son nom d'humaine lui fit enfin remuer un sourcil. Alors qu'entendre dire ses quatre vérités au sujet de sa fille ne l'avait aucunement émue, elle daigna enfin répondre, l'irritation aisément palpable sur son visage et dans sa voix.

— Cela fait belle lurette que j'ai jeté ce prénom aux oubliettes. Je m'appelle désormais Ubume. Il m'a été attribué par cet être grandiose, en même temps que cet incroyable corps de démon. Il est la seule personne dans ce monde capable de me comprendre.

Ubume semblait ravie de pouvoir le dire.

— Je n'ai toujours cherché qu'une chose dans ma vie : le bonheur.

Voilà pourquoi elle avait subi sans rien dire les violences de son mari. Elle était persuadée qu'un jour ils pourraient enfin connaître le bonheur d'une famille normale, tous les deux. Sauf que ce maudit époux s'enticha un jour de la femme du casino qu'il fréquentait, et lui fit comprendre qu'il la quitterait pour aller vivre avec sa nouvelle conquête. Annonce qui signa son arrêt de mort. Elle parvint à maquiller sa mort en accident.

Ubume ressentit alors un grand vide en elle. Pourquoi, malgré tous ses efforts, n'avait-elle pas le droit de vivre le bonheur ? Un jour, tandis qu'elle veillait sur sa fille malade, elle se sentit étrangement envahie par une sensation de paix et de sérénité.

Rêvant de pouvoir poursuivre sa vie ainsi, elle continua de veiller sur sa petite le plus longtemps possible.

— Mais cette imbécile de fille a malheureusement tenté de fuir.

Le visage d'Ubume changea du tout au tout pour manifester cette fois de la tristesse, avec un long soupir.

— Elle a préféré souffrir atrocement en rampant au sol plutôt que de devoir rester avec moi, la peste ! Alors que j'ai été si gentille, si attentionnée avec elle ! Cela a dû bien l'amuser de piétiner ainsi mes sentiments !

— Tu es en train de nous dire que c'est uniquement pour ça que tu l'as assassinée ?!

C'était cette fois Sanemi, jusqu'ici muet, qui avait pris la parole d'une voix étonnamment calme.

— Bien sûr.

Ubume, plissant les yeux, se donna un air affectueux. Le regard qu'elle avait en fixant Sanemi était totalement différent de celui qu'elle avait pour Masachika. Elle le contemplait avec la même bienveillance que s'il s'agissait de son propre enfant.

— J'ai cependant beaucoup regretté de l'avoir tuée. Car je n'étais plus désormais cette courageuse femme supportant tant bien que mal les violences de son conjoint, ni même encore cette mère serviable aidant sa fille à vaincre la maladie. Mais c'est alors que cette extraordinaire personne s'est présentée à moi.

C'est en échangeant leur sang qu'ils se comprirent.

Il lui annonça qu'elle deviendrait à coup sûr un puissant démon. Et que, pour cela, il fallait qu'elle dévore le plus d'humains possible.

— Et vous devinez le corps que je me suis empressée de manger pour fêter ça ? Celui de Sae !

…

Tout ce que Masachika avait envisagé s'était révélé exact. Devant l'atrocité de cette révélation, infiniment triste pour cette pauvre petite fille, il serra les poings.

Ubume ajouta d'un air rêveur :

— Je ne compte plus le nombre de bambins que j'ai enlevés et dévorés par la suite. En les envoyant dans mon ventre, j'ai fait de ces petits mes propres enfants. J'ai réussi à me créer ma propre famille et à connaître le bonheur chez moi avec mes petits chérubins.

Après un court silence, le démon posa son regard sur Masachika et reprit la parole :

— Il est très facile de pénétrer dans l'esprit d'un individu ayant été maltraité par ses parents et blessé dans son âme. J'ai même connu des gamins qui m'ont tellement aimée qu'ils m'ont remerciée pour cela et m'ont implorée de les laisser vivre avant leur mort. Ça m'a fait tellement plaisir ! Un vrai bonheur ! Voilà pourquoi j'aime mieux les gens comme toi, Sanemi, plutôt que ceux comme l'autre, avec ce regard droit et franc.

Sur les derniers mots, Ubume avait de nouveau regardé Sanemi. Elle appréciait beaucoup ses yeux injectés de sang.

— Ton corps est couvert de blessures. Pas que ton corps, d'ailleurs. Ton cœur aussi. J'ai tout de suite compris que tu avais été maltraité par tes parents. Moi, contrairement à eux, j'aimerais te réconforter. Je voudrais t'aimer.

À cet instant même, le sang monta à la tête de Masachika. Sans même prendre le temps de lui dire de la fermer, il se jeta sur la première lune inférieure en engageant une attaque de toutes ses forces.

— Souffle du vent, troisième mouvement : « Branches cinglantes dans le vent » !

Ubume tenta de détourner l'attaque d'un geste du bras, mais la puissance de frappe s'avéra bien supérieure à la résistance naturelle de la chair de son bras.

L'épaule gauche d'Ubume fut fendue en deux et alla rouler sur les tatamis.

Le regard glacial du démon se posa d'abord sur son bras au sol, avant de glisser de nouveau vers Masachika. Celui-ci soutint son regard.

Il lui répondit enfin d'une voix étouffée.

— Sanemi n'est nullement à plaindre… Sa mère à lui, au moins, l'a aimé du plus profond de son cœur, tout comme ses autres enfants.

Si sa voix ne trahissait aucun trémolo, c'est parce que bien d'autres émotions étaient venues se mélanger à la colère.

Tout ce qu'il avait entendu sortir de la bouche du démon l'avait extrêmement offusqué.

Elle parlait en son nom sans avoir la moindre idée ce qu'il avait dû endurer toute sa vie. Des souffrances que ce garçon, qui était la gentillesse incarnée, avait dû subir jusqu'ici.

— Je ne te laisserai pas salir la mémoire de ce garçon.
— Ne t'inquiète pas, Masachika, ça va pour moi.

Une main vint se poser sur les épaules tremblantes de Masachika. La chaleur du geste et de sa peau eut pour effet immédiat de calmer sa colère.

— Sanemi…
— C'est pas à toi de faire cette tête, il me semble, dit-il avec un sourire amer. Tu as été trop bien éduqué par tes parents, toi. Des détritus dans son genre prêchant leurs stupides idées comme des vérités fondamentales, j'en ai rencontré des tonnes dans ma vie, à commencer par mon propre père. Il est inutile de les prendre au sérieux, c'est une perte de temps.

Son ton était calme et apaisé.

— Personnellement, je ne me suis jamais plaint de ma situation.

— …

Masachika opina sans rien dire.

En cet instant, rien ne lui parut plus triste que ce timbre de voix et cette expression d'une grande bienveillance.

Il serra les dents.

— Bref, je disais donc…

Sanemi pointa son sabre du soleil en direction du démon manchot.

— Dommage pour toi, foutu démon ! Tu n'as pas été capable de me faire tourner en bourrique avec ton discours gerbant !

— Je me disais bien que quelque chose n'allait pas, répliqua-t-elle en souriant, sans paraître gênée le moins du monde. C'est vraiment dommage. Je suis sûre qu'on aurait pu devenir tous les deux un couple mère-fils inséparable.

— Finis les beaux discours, cracha-t-il. Maintenant, on va pouvoir se battre d'égal à égal, tous les deux.

— Certes, tu vas pouvoir m'attaquer.

Sur ces mots, Ubume prit ostensiblement son temps pour récupérer son bras au sol, et le posa doucement sur la blessure encore sanguinolente. La chair du moignon se mit à s'agiter et, en un clin d'œil, recréa une liaison avec le bras.

Assister à une vitesse de régénération pareille donna des frissons aux deux pourfendeurs. Celle-ci était incroyablement plus rapide que celle des démons qu'ils avaient affrontés jusqu'ici.

— Et alors ? Cela va changer quoi ? Je suis capable de me régénérer à volonté. Je suis un démon, au cas où vous l'auriez oublié. Vous en êtes capables vous aussi, humains ?

— C'est très simple, il nous suffira de te découper encore plus vite que ta propre régénération.

Un sourire glacial aux lèvres, Sanemi s'élança.

Premier mouvement, deuxième mouvement, troisième mouvement, quatrième mouvement, cinquième mouvement…

Il enchaîna les techniques spéciales.

Ubume tantôt esquiva, tantôt encaissa.

De son côté, Masachika attendait sur place, épée en main, prêt à courir l'aider, quand soudain…

— Masachika !

— ?!

D'un coup d'œil, Sanemi lui indiqua quelque chose.

Masachika regarda dans cette direction et remarqua la présence des deux enfants kidnappés par Ubume. Dénués de force, ils étaient étendus sur le sol.

Comprenant où son ami voulait en venir, il se précipita vers eux et les souleva tous deux en les prenant par-dessous les bras. Il se déplaça ensuite le plus rapidement possible vers un coin de la pièce où il les fit s'adosser contre le mur.

À cet endroit, ils avaient peu de chance de se retrouver indirectement victimes du combat.

Et si un éventuel danger se présentait, il serait toujours là pour les protéger.

Le jeune garçon devait avoir une douzaine d'années,

et la petite fille la dizaine à peine. Cela le fit souffrir de les voir ainsi affaiblis.

— Je vous promets de vous sortir de là sains et saufs. Tenez bon de votre côté !

— G… grand… frère…

Le garçon posa sur lui ses yeux enfoncés dans leurs globes.

— Vous… all… ez nous… sau… ver ?

— Bien sûr, répondit-il.

— Me… rci…

Des larmes s'écoulèrent sur les joues amaigries et pâles du garçon. Une vision qui l'attrista profondément. La fille assise à côté de lui avait le regard dans le vide, comme si son cœur avait décidé de ne plus faire acte de présence dans ce monde. Plus aucune émotion ne pouvait se lire sur son visage.

De rage, Masachika serra les dents si fort qu'on les entendit grincer.

C'est pas possible, pas des enfants…

Sa colère était telle qu'elle risqua de le faire sombrer dans la folie.

— Attendez-nous ici. Ne bougez surtout pas…

Sur ces mots, sa poigne se resserra sur la garde de son sabre du soleil.

La fureur avait envahi Masachika.

Tandis qu'il enchaînait toujours technique sur technique, Sanemi s'attarda un court instant sur son ami qui se battait à ses côtés.

En temps normal, son camarade était d'une affabilité hors norme, voire d'une grande naïveté, mais toujours réfléchi et froid. Il n'était pas du genre à agir sous le coup de l'émotion.

C'était la première fois de sa vie que Sanemi voyait son camarade réagir avec une telle colère, et surtout la dévoiler au grand jour. Les actes et les paroles du démon avaient probablement touché une corde très sensible chez lui.

Il n'empêche…

À trop s'énerver ainsi, il risque de s'aveugler… Quoi que, ça n'a pas l'air d'être trop le cas.

Le voir réagir de cette manière pour la première fois fit craindre le pire à Sanemi, et pourtant rien ne laissait paraître qu'il était sur le point de laisser exploser sa colère aveuglément. Bien au contraire, son maniement de l'épée sembla bien plus calme que d'habitude, voire plus incisif.

Devinant les attaques que portait Sanemi dès que celui-ci démarrait un mouvement, Masachika adaptait ses gestes et ses choix pour éviter qu'ils ne se touchent.

Face à une telle fluidité et efficacité, Sanemi ne pouvait que l'admettre :

Il est bien le disciple aîné de notre maître d'armes, et il va m'être difficile de le dépasser.

Sanemi afficha un sourire détendu.

— Sanemi ! Son cou ! Ne vise rien d'autre que son cou !!

— Je sais. On va vite lui faire mordre la poussière, à celle-là ! Pauvre ordure !

— Franchement… Ce que vous pouvez être tenaces, tous les deux.

Face à une manœuvre en binôme d'une harmonie aussi parfaite, l'ombre d'un mécontentement apparut enfin sur le visage d'Ubume. L'instant suivant, la femme démon s'approcha de Sanemi à distance d'attaque.

— … !

L'une des jambes du démon s'étira en direction de sa mâchoire.

Sanemi l'esquiva comme il put d'un bond en arrière, mais cela n'empêcha pas la forte vitesse du vent engendrée par l'attaque de venir taquiner sa pomme d'Adam. Le pourfendeur grimaça de douleur, tandis qu'un autre coup vint immédiatement frapper son plexus solaire.

Il perdit un court instant son souffle, et son corps fit un bond en arrière. Son dos percuta les tatamis. Cela le fit tousser violemment.

— Sanemi ! hurla Masachika qui attaquait toujours Ubume. Souffle du vent, troisième mouvement : « Branches cinglantes dans le vent » !

Ubume ne prit pas la peine d'esquiver le sabre. Après l'avoir délibérément encaissé, le démon donna un coup de pied à la tempe de Masachika. Celui-ci y échappa de justesse, au prix d'une légère déchirure de la peau de sa tempe.

— … !

Pris d'une commotion, le pourfendeur se mit à vaciller. L'abdomen sans défense, le démon ne se fit pas prier pour le viser avec son bras pour le percer, mais là encore, Masachika l'évita de justesse. Non sans percer un peu sa chair au passage.

— Aaargh !!

La douleur extrême ressentie put se lire sur son visage.

Ubume se délecta du sang de Masachika sur son poing.

— Vois-tu, j'ai déjà dévoré un grand nombre d'enfants. Parmi eux, certains s'étaient avérés être des « rares sangs ». Un sang suffisamment puissant pour ne pas avoir à user de mon pouvoir démoniaque pour le détecter.

— Hou... uuh...

Les genoux à terre, Masachika n'était plus capable de se mouvoir. Il utilisait son souffle pour stopper son hémorragie. Le bras d'Ubume s'agrandit jusqu'à sa nuque.

— Masachikaaa !!

Sanemi se rua sur Ubume en criant le nom de son ami.

— Souffle du vent, quatri...

Au moment où il s'apprêtait à mettre en œuvre sa technique, la blessure essuyée un peu plus tôt au niveau du cou s'élargit. Le sang frais éclaboussa les alentours, tandis qu'une violente quinte de toux le prit à nouveau. Sa blessure au cou était apparemment plus profonde et grave que prévu. Elle avait atteint la gorge. Le sang giclait en grande quantité dès qu'il toussait. Les tatamis étaient en train d'être littéralement repeints en rouge.

Ubume s'immobilisa subitement.

Elle sentit un frisson lui parcourir l'échine.

— Qu'est-ce... que... ? chuchota-t-elle.

Son regard vagabonda un peu partout, comme si, perdue, elle cherchait quelque chose, puis il se fixa sur la bouche et le cou de Sanemi, d'où le sang affluait.

La stupéfaction put se lire dans les yeux du démon.

— Un rare... sang ? Tu es un rare sang, c'est ça ?

Ses joues habituellement blanc pâle rougirent peu à peu. La surprise se mua finalement en extase.

— Et un sang… particulièrement rare, de surcroît… L'équivalent de cent humains, je dirais. Non, ce sang est d'une plus grande rareté encore.

Comme prise par une bouffée de chaleur, voire délirante, Ubume se dirigea vers Sanemi avec une étonnante démarche.

Alors qu'elle s'apprêtait il y a peu encore à achever Masachika, celui-ci ne l'intéressait désormais plus du tout. Ses joues rouge sang affichèrent une expression pleine de tendresse.

— Oh, mon Sanemi chéri. Je le savais, tu dois m'appartenir. Tu es si mignon. Je t'aime énormément, mon petit. Je t'adore, Sanemi ! Plus question désormais de devoir t'infliger la moindre blessure. Je préfère t'avoir à mes côtés pour tout la v…

Mais avant même qu'elle termine sa phrase, quelque chose d'étrange survint en elle.

Elle se prit la tête dans les mains et se recroquevilla, le corps tremblant fortement.

— Quoi… Que se… pa… sse-t-il…? Mon corps…

Mon rare sang si particulier commence à faire effet. Elle devient folle.

Essuyant son sang autour de la bouche, Sanemi lâcha un soupir de soulagement.

D'après ses expériences précédentes, plus le démon buvant du rare sang était fort, plus l'effet sur lui était puissant.

Sur une première lune inférieure, il devait être donc extrêmement efficace.

— Comment… un sang… aussi puiss… ant est-il… possi… ble…? répéta Ubume, la voix rauque, les mains dans les cheveux.

Il ne pouvait se permettre de laisser passer pareille occasion. Endurant la douleur, Sanemi relança la technique qu'il n'avait pu terminer précédemment.

La tempête de poussière se dirigea à toute vitesse sur le corps du démon.

— Humpf…

Malgré un état peu enviable qui ne lui permettait aucune folie, Ubume parvint à l'esquiver difficilement.

À cet instant, Masachika, qui venait enfin de stopper son hémorragie, se mit en position de frappe.

— Tout est terminé. En enfer, tu auras tout le temps devant toi pour t'excuser auprès de ta pauvre fille Sae et de tous les autres enfants assassinés !

Sanemi put admirer le splendide arc de cercle décrit par la lame de son ami dans les airs.

— Souffle du vent, troisième mouvement, branches cinglantes dans…

À cette distance, avec le talent de Masachika, il n'eut aucun doute sur le fait que la tête de l'engeance volerait.

Mais au moment même où Sanemi se persuadait que la victoire était à eux…

— Arrête !!

Une voix désespérée résonna dans la pièce.

Tournant la tête, il vit la petite fille courir auprès d'Ubume, lever en l'air ses bras tremblants et s'interposer entre elle et Masachika. Les larmes coulant à flots, elle plongea son regard dénué de toute hésitation dans celui du pourfendeur.

— Ne fais pas de mal... à ma mère.
— Que... ?! Ouargh !

Masachika fit dévier miraculeusement la trajectoire de sa lame au dernier moment juste au-dessus de la tête de la fillette. Mais cela lui fit perdre légèrement son équilibre.

Le démon profita de cet instant pour placer une attaque censée lui permettre de tuer la petite fille et le pourfendeur. Masachika priorisa alors la protection de la fillette, mais laissa par la même occasion le champ libre à l'attaque de la femme démon qui transperça son ventre.

Pris de tremblements, le pourfendeur cracha de grandes quantités de sang.

— Tu aurais tellement mieux fait de la tuer...
— A... ah...
— Pauvre imbécile.

Le sabre de Masachika chuta, avant que lui-même ne suive la même trajectoire que son arme. Sans un bruit, c'est la tête d'une Ubume observant d'un regard froid sa victime qui virevolta dans les airs, décapitée au même instant par la lame de Sanemi.

Elle retomba sur les tatamis en faisant un son sourd, puis finit sa course en roulant.

Des profondeurs de la gorge percée de Sanemi jaillit un rugissement bestial.

Cette colère, qu'il ne pouvait plus faire passer sur quiconque, et une immense sensation de vide l'envahirent.

Quant au démon dont la tête et le buste venaient d'être séparés, il émit un de ces rires hypocrites dont il avait le secret, avant de se transformer en poussière.

Les deux enfants furent, un peu plus tard, pris en charge et mis en sécurité par les furtifs qui étaient enfin arrivés sur place.

Sanemi reçut des soins directement sur place, mais pas Masachika qui, bien qu'il ait réussi à reprendre connaissance, se savait condamné et avait préféré rester et mourir sur place plutôt que sur une route durant son transport, au beau milieu de nulle part.

Sanemi s'assit à côté de son ami. Un des furtifs s'approcha de lui, terrifié.

— Monsieur Shinazugawa ! Vos saignements à vous aussi sont conséquents…

— Ça ? C'est rien du tout, fous-moi la paix.

— Non, je ne peux pas vous laisser dire ça. Vous avez des côtes cassées, et l'état de votre gorge est bien trop inquiétant pour que nous puissions vous prendre en charge… Il vous faut immédiatement rejoindre le domaine des papillons pour y être soigné. Sinon, dans le pire des cas, vous risquez vous aussi de…

— La ferme !

Le regard fut suffisamment haineux pour lui faire comprendre qu'il ne devait surtout pas prononcer le mot qu'il s'apprêtait à dire.

— Vous êtes sûr de vous ? Vous pouvez m'affirmer avec certitude que tout va bien ?

Un autre furtif venait de s'introduire dans la conversation. C'était un jeune aux yeux somnolents. Sanemi acquiesça d'un geste de la tête.

— Bien, sur ce, on se retire.
— Mais, Goto…

À ce collègue qui insistait, il répondit :

— Ce sont eux qui se sont battus vaillamment contre le démon au péril de leur vie, pas toi ! Tu pourrais au moins avoir un peu de compassion pour ce qu'ils ressentent, non ?

Chose étonnante, le ton s'était avéré virulent, ce qui poussa le furtif réprimandé à forcer le pas pour sortir rapidement de cette pièce.

Mis à part l'encens qui avait été allumé pour masquer l'odeur de sang, il ne restait plus que Sanemi et Masachika dans la salle.

— Sa… nemi…

La voix de son ami, qui n'était que faiblement conscient, était lasse et enrouée. Son visage était blanc comme neige.

— Les enfants… Où sont les enfants ?
— En sécurité.

Sur ces mots, il l'aida à s'asseoir. Le corps de Masachika était glacial. Ce froid était la preuve que la flamme de la vie s'éteignait graduellement dans son corps, et cela poussait Sanemi à crier le plus fort possible les sentiments qu'il ressentait à ce moment-là. Il réprima en lui cette envie.

— Les furtifs les ont emmenés au domaine des papillons.

Masachika afficha alors un sincère sourire de soulagement.

— Tant… mieux… Et toi… Sanemi… ?

— Comment veux-tu que j'aille mieux que bien ?

Constater que, même dans un moment pareil, Masachika continuait de s'inquiéter pour le sort des enfants et de son cadet lui fit serrer des dents au point de les entendre grincer. Le fond de sa gorge le brûlait.

S'il se réjouissait aux larmes de savoir que le jeune garçon était désormais sain et sauf, il s'inquiétait toujours pour la petite fille qui était encore sous le choc et muette lorsqu'elle avait été prise en charge par les furtifs.

Elle était exactement dans le même état d'esprit qu'Uraga qui, juste avant de se trancher la gorge pour ne pas trahir sa « mère », désirait encore ardemment survivre pour retrouver sa bien-aimée.

Comme lui, la petite fille avait apparemment souhaité au tout dernier moment aimer et être aimée par cette mère, même temporaire, que représentait à ses yeux Ubume.

Alors que lui s'attendait à un avenir sombre pour elle…

— Je sais que ça ira mieux… plus tard, pour elle… expliqua-t-il d'une voix enrouée, comme s'il avait été capable de lire dans le cœur de son ami. À force de vivre… dans un environnement d'effroi… elle est tombée sous la domination du démon… et ne sait pas encore… comment en réchapper, mais… avec le temps… je sais que… elle ira mieux.

— Arrête de t'inquiéter toujours pour les autres, même dans un moment comme celui-ci. T'es vraiment irrécupérable comme aîné.

Tandis que Sanemi tentait tant bien que mal de contenir ses larmes qui montaient et les trémolos de sa voix, Masachika plissa des yeux, comme s'il était ébloui.

— Dis-moi… Sanemi…
— Ouais ?
— Même après… mon départ…

Sa voix n'était plus qu'un souffle.

— Je compte sur toi… pour manger correctement… Mais aussi dormir… et t'entendre bien… avec tout le monde…
— …
— T'as intérêt… à vivre… ta vie.
— Ouais…

Sanemi se contenta d'une réponse courte. Il sentit qu'en parlant plus, il se mettrait à sangloter, tout en le suppliant misérablement de ne pas mourir.

Levant son visage pour examiner celui de Sanemi, Masachika sourit.

Sanemi pensa alors sincèrement qu'il s'agissait là du plus doux des sourires au monde.

Ce sourire qui l'avait tant énervé au départ était aujourd'hui celui qu'il appréciait le plus. Il l'avait maintes fois sauvé et maintenu en vie.

C'est Masachika qui, à tant de reprises, l'avait empêché de commettre des bêtises qui auraient pu lui être fatales.

C'est lui qui lui avait permis de vivre une vie normale, humaine.

Pourquoi ce sont toujours les meilleurs qui s'en vont les premiers ?

Parce qu'il avait refusé d'emporter la vie de la petite fille avec celle du démon ? Une telle absurdité ne devrait pas avoir lieu. Si les dieux existaient vraiment, ils avaient l'obligation morale de sauver ce gars, songea-t-il. C'est ce qu'il aurait aimé crier en direction du ciel.

C'était à cet homme d'une gentillesse infinie de rester en vie, pas à lui. Cet homme d'une force incommensurable.

Bien plus que lui, c'était Masachika qui serait capable, à l'avenir, de sauver la vie de quantité de gens et de les rendre heureux.

— Je te confie... la suite... Sanemi... Ne meurs pas...
— Masachika...

— Je te souhaite... beaucoup... de bonheur...

La dernière lueur de vie qui restait à Masachika quitta ses yeux.
— Masachikaaaaa...
Le corps de son ami dans ses bras, Sanemi pleura et hurla avec le peu de voix qu'il lui restait.

Le pourfendeur Masachika Kumeno reposait désormais dans la même tombe que son petit frère, assassiné très jeune par un démon.

Sanemi posa devant la sépulture de son ami des fleurs et des ohagis.

Une légère brise humide fit osciller la gerbe de fleurs blanches. Un filet de fumée flottait dans les airs au-dessus de l'encens qui avait été allumé.

— Je ne m'aperçois que maintenant que je ne connais presque rien de toi.

Comme par exemple le fait qu'il avait eu un petit frère… Mais encore que celui-ci avait été massacré devant ses yeux… Également qu'il s'en était toujours voulu pour la mort de son frère à la place de ses parents qui n'avaient jamais eu le courage de le faire. Mais aussi le fait qu'il était allé à l'encontre de sa mère, qui l'avait supplié en pleurant de renoncer, en faisant le choix de tout arrêter pour rejoindre les pourfendeurs de démons.

N'ayant jamais rien su de tout cela, il s'était toujours dit, en se basant sur ce qu'il voyait en surface par rapport à sa bonhomie, que Masachika ne devait être qu'une de ces énièmes bonnes poires insouciantes ayant rejoint les pourfendeurs sur un coup de tête.

En réalité, il éprouvait un profond ressentiment et une colère inaltérable envers les démons.

Mais sa bonne humeur et sa gentillesse innées étaient parvenues à dissimuler tout cela, de sorte que même Sanemi, pourtant très souvent présent à ses côtés, n'avait rien décelé en lui.

Si Masachika s'était autant énervé durant leur combat face à Ubume, c'était parce que l'image de son défunt petit frère était venue se superposer à celle des enfants martyrisés par le démon, et que l'évocation de cette image était devenue insupportable pour sa sensibilité.

À la lecture du testament que le Seigneur avait restitué à l'annonce du décès de Masachika, Sanemi découvrit l'existence d'un ami insoupçonné.

— Ben voyons, tu me considérais donc comme ton petit frère…

Il comprenait mieux maintenant pourquoi il insistait à chaque fois pour rappeler qu'il était son disciple aîné, et pourquoi il lui donnait toujours l'impression de se comporter comme un grand frère.

Pour Sanemi, Masachika ne lui avait jamais paru beaucoup plus âgé que lui, son ami se comportant même parfois lui-même comme un petit frère des plus pénibles…

Le pourfendeur exhiba un sourire tendre.

— Franchement, tu m'en as vraiment fait voir des vertes et des pas mûres pour un grand frère ! dit-il, taquin.

Les zinnias s'agitèrent comme pour valider les dires de Sanemi.

« Sanemi, on va se manger une bonne fondue de bœuf ? »

« Sanemi, j'ai rapporté des ohagis ! Prépare-nous un petit thé vert ! »

« Bon sang, j'ai encore perdu… Attention, toi, tu commences à devenir trop impertinent à mon goût ! Aide-moi au moins à me relever ! »

« Oh, ça va. C'est pas en faisant une tête pareille que t'auras un jour du succès avec les filles, mon gars ! »

« J'ai réussi à rapporter un scarabée à la maison, Sanemi. Coupe donc cette pastèque. Et n'oublie pas ma part ! »

« T'as intérêt… à vivre… ta vie. »

Masachika avait toujours demandé à Sanemi de ne pas abandonner l'idée de vivre un jour une vie normale. Mais pouvait-il, lui, en dire autant de sa vie ? Avait-il connu le bonheur ?

Sanemi se tut quelques instants, s'immergeant dans les souvenirs avec son ami, lorsque…

— Dis, Masachika… murmura-t-il. Cette fois, c'est mon imbécile de petit frère à moi qui a rejoint les pourfendeurs.

Un mélange de colère et d'agacement qui semblait inquiéter les zinnias au sol. Elles oscillèrent intensément en conséquence.

Sanemi fronça des yeux.

Genya avait été le premier petit frère qu'il avait eu.

Le jour même où il avait timidement tenu cette toute petite mimine à peine sortie du ventre de leur mère, il lui avait semblé que le regard de cette petite crevette, dont les paupières ne s'ouvraient même pas, avait souri.

Son cœur s'était enflammé de joie.

Il s'était alors promis de toujours tout faire pour protéger la vie de son petit frère.

D'autres petits frères et petites sœurs vinrent au monde par la suite, et ce fut cette fois au tour de Genya de devenir un précieux soutien. Ils s'étaient fait le serment d'aider leur mère et de protéger leur fratrie coûte que coûte.

Pour autant, Genya était toujours resté à ses yeux cette petite crevette fragile.

Le jour où un démon vint massacrer sa famille, son petit frère, seul survivant de cette tragédie, l'avait alors, en sanglots, traité d'assassin.

Son stupide petit frère le haïssait encore pour les mêmes raisons.

Mais cela n'avait aucune importance à ses yeux.

Quoi qu'il dise, rien ne pouvait le blesser. Le fait que Genya soit vivant et qu'il connaisse le bonheur était sa seule source d'enchantement, son seul souhait et sa seule raison de vivre.

— Quand bien même pourrait-il nourrir du ressentiment à mon égard, je ne l'accepterai jamais. Je ferai toujours tout pour l'empêcher de poursuivre son activité de chasseur de démons.

Il cessa un temps de parler, puis, la tête baissée, posa une question en murmure :

— Masachika… Rassure-moi, je ne me trompe pas dans mon choix ?

Il n'eut aucune réponse.

Seul le vent soufflait.

Il se demanda ce que son ami lui aurait répondu de son vivant.

Cet homme qu'il avait considéré comme son propre parent et qui n'aspirait qu'à des lendemains meilleurs.

Je suis sûr que tu m'aurais répondu « pauvre imbécile », te connaissant.

Il lui aurait aussi suggéré de comprendre les sentiments de son petit frère, qu'il aurait été préférable qu'ils le forment tous les deux pour qu'il devienne bon. Le tout mâtiné d'une bonne dose de rires et de bonne humeur.

— Je n'ai malheureusement pas d'autre solution.

Masachika était mort parce qu'il était trop gentil. Plus que n'importe qui. Mais c'est cette gentillesse qui lui avait coûté la vie.

Genya était lui aussi un être affable, capable de se sacrifier pour d'autres personnes, et en premier lieu ses camarades.

Si cette bonté était vouée à le tuer lui aussi, il préférait encore être détesté à vie plutôt que de devoir enterrer son petit frère.

Je ne suis pas comme Kocho, moi.

Il était incapable d'accepter son petit frère à ses côtés et de se battre avec lui.

Car il était capable de tout pour le protéger. Et il ne connaissait aucune autre méthode que le rejet de son frère pour le préserver.

Après de longues minutes à rester accroupi en silence, il se releva enfin.

Le vent secoua gentiment sa chevelure et la gerbe de fleurs.

— À la prochaine… dit le pilier du vent d'une voix paisible, avant de se retourner pour quitter le cimetière, laissant apercevoir le caractère chinois « *metsu* » sur son dos.

Son pas était lent.

Quant aux fleurs dont le langage reflétait les sentiments que l'on pouvait avoir pour un frère, elles se balançaient toujours sur la tombe.

Seul le vent soufflait.

Hotaru Haganezuka était un forgeron talentueux.

Il avait non seulement hérité de la très ancienne technique d'affûtage des lames que l'on se transmettait de père en fils dans sa famille, mais il adorait également plus que tout au monde les sabres japonais.

Humainement parlant, cependant, tout n'était pas aussi glorieux.

Après avoir réalisé l'exploit de provoquer une dépression chez ses parents dès ses deux ans, du fait d'une personnalité que l'on considèrera poliment comme « particulière », il était désormais coutumier des courses-poursuites derrière les pourfendeurs dont il était responsable en leur criant parfois des « je vais te tuer ! » ou des « tu mérites la mort ! », des tentatives d'étranglement sur des collègues ou de lynchage des piliers. Son insolence et sa violence étaient des faits connus de tous.

❈

— Ce qu'il peut être embarrassant, ce Hotaru…

Assis à la place d'honneur de la salle aux tatamis, Tecchin Tecchikawahara dégustait ses mitarashi dangos[4] en soupirant.

Il est par ailleurs important de souligner que ces mitarashi dangos étaient des présents du pourfendeur Tanjiro Kamado pour Haganezuka. C'est ce dernier qui, lors d'une colère noire, aurait exigé de lui qu'il lui en offre à vie après que le pourfendeur Kamado eut gâché plusieurs nuits d'affûtage acharné.

Constater que Tanjiro se pliait à cette exigence était plutôt admirable.

Mais que dire de cet homme de trente-sept ans qui extorquait ce plat à un adolescent de quinze ans ?

— Qu'ai-je bien pu rater dans son éducation ?

— Voyons, il n'y a plus rien à éduquer chez un homme de près de quarante ans, répliqua Kanamori en train de servir le thé.

— Qu'en penses-tu, Kotetsu ?

Se voyant refourguer le sujet, Kotetsu, qui mangeait goulûment les pâtisseries dans son coin, leva la tête :

— Je suis d'accord. Son incapacité à socialiser, son tempérament impulsif… Tout ça, ce sont des problèmes dont Haganezuka est le seul responsable. Il ne faut pas vous en faire.

— C'est bien beau de dire ça, mais je ne peux pas m'empêcher de ressentir une responsabilité, soupira Tecchin qui haussa des épaules comme un enfant. Je

---

[4] NdT : boulettes à base de pâte de riz enfilées sur des brochettes et recouvertes de sauce soja sucrée.

ne serais pas mécontent s'il pouvait s'adoucir un peu, quand même. Vous n'avez pas une idée ?

— Aucune, répondit instantanément Kotetsu. Il est à mon avis plus facile d'apprendre à un ours à donner la patte comme un chien que d'adoucir Hotaru.

De son côté, Kanamori, qui avait une longue expérience de la vie, ce qui pouvait aider, s'interrogea, perplexe, en se tenant le menton : « Hum… Bonne question… » Puis ajouta :

— Que pensez-vous d'un mariage arrangé ? finit-il par proposer calmement à ses collègues.

La « stratégie pour forcer Haganezuka à avoir une vie rangée et devenir un homme normal », proposée par Kanamori, fut accueillie avec une telle ferveur par Tecchin qu'elle pût être mise en place très vite et facilement.

Alors qu'une grande inquiétude s'était installée dans le camp des instigateurs de ce projet quant à la forte probabilité qu'il s'en plaigne, on s'étonna de la facilité avec laquelle il l'accepta, malgré une certaine agitation de départ laissant présager un débat houleux, et l'on put ainsi lui proposer une rencontre formelle avec une demoiselle dans un délai très court.

Et ce jour était déjà arrivé.

L'initiateur du projet Kanamori, accompagné par Kotetsu, était caché dans un coin du jardin du restaurant de luxe choisi pour l'occasion. Ceci évidemment dans le but de surveiller furtivement la fameuse rencontre.

Comme il était interdit d'inviter tout étranger dans le village des forgeurs, c'est ce vieil établissement reconnu pour ses mets délicieux et relativement éloigné du village qui fut désigné comme théâtre de la rencontre. Kanamori ayant choisi le restaurant lui-même, il lui fut simple de s'y introduire et de s'y dissimuler.

Au centre de cette salle aux tatamis de plus d'une trentaine de mètres carrés ouverte sur le jardin, un homme et une femme étaient assis face à face. Le premier n'était autre que Hotaru Haganezuka, tandis que l'autre était la partenaire choisie pour cette rencontre formelle avant mariage. Et, tel un objet de décoration, se tenait assis à leurs côtés Tecchin, qui paraissait si petit et calme.

Vêtue de ses plus beaux atours, la demoiselle s'avéra étonnamment charmante. Les splendides motifs de pivoine qui agrémentaient ses habits allaient parfaitement avec sa silhouette élancée.

— Elle est carrément mignonne. Je suis dégoûté.

— On reconnaît bien là les goûts du chef. Regarde ça, elle ressemble comme deux gouttes d'eau à Kanroji !

C'est effectivement Tecchin en personne qui avait multiplié les recherches pour trouver la promise idéale. Ce chef, connu pour être imperturbable et intimidant au possible, devenait un être d'une banalité affligeante quand une femme s'invitait dans le sujet traité.

— C'est un miracle qu'une fille aussi belle ait accepté une rencontre d'avant mariage avec un type pareil.

— Du strict point de vue de l'aspect, Haganezuka est un bel homme, en vrai. Je suppose qu'avec une photo de lui, on pourrait berner n'importe quelle demoiselle.

— En gros, seul le visage compte.

— Non, mon cher Kotetsu. Ce qui compte, c'est l'amour.

Kanamori, qui était tombé amoureux de sa femme au premier coup d'œil, était sans nul doute dans le village l'homme le plus dévoué envers son épouse. Il était actuellement aisé de lire sur son visage qu'il mourait d'envie de parler longuement et avec passion de sa femme.

Pendant ce temps-là, l'entrevue se poursuivait dans la salle aux tatamis du restaurant.

— Euh... Pouvez-vous me dire quelles sont vos passions, monsieur Haganezuka ?

— ... Forger des katanas.

Le shishi-odoshi[5] disposé dans le jardin frappa alors le sol d'un son sourd mais très agréable.

— Vous vous appelez Hotaru, c'est bien ça ? C'est un beau prénom que vous avez là.

— Merci...

— N'est-ce pas ? C'est moi-même qui lui ai attribué ce prénom. Sauf qu'il s'en plaint tout le temps sous prétexte qu'il serait trop « mignon » à son goût...

— Hi hi. Il essaie juste de cacher sa timidité, c'est tout.

Le son du shishi-odoshi retentit de nouveau.

---

5 NdT: littéralement « effrayer les cerfs ». Sorte de fontaine basculante en bambou servant à faire fuir bêtes et oiseaux nuisibles aux plantes de jardin et qui se remplit d'eau pour finir par percuter le sol une fois remplie, afin de se vider.

— Moi, c'est la cuisine qui me plaît. Pourriez-vous me dire quels sont les plats que vous aimez le plus ?
— … Les mitarashi dangos…

Le shishi-odoshi résonna encore.

— Et que faites-vous les jours de repos ?
— Je mange des mitarashi dangos…
— Eh bien ! C'est que vous devez vraiment les aimer !
— … J'en mangerais tous les jours, si je pouvais.
— Vous êtes tellement adorable, monsieur Haganezuka.

Le shishi-odoshis tonna, comme pour venir donner le coup de grâce.
— Bizarre, tout semble bien se passer entre eux. Par contre, qu'est-ce que ce shishi-odoshi peut être agaçant !
— C'est vrai que son attitude est bien moins mauvaise que ce qu'on craignait.
— N'est-ce pas ? Il y a une ambiance sympathique qui règne entre eux. En revanche, il parle trop peu, et avec une voix trop faible !
— Ça doit être la nervosité, je suppose. Il a l'air aussi très hésitant, voire agité… Un aussi bel homme que lui, c'est assez déconcertant de voir ça.
— Que voulez-vous, il a passé toute sa vie à fabriquer des sabres. Il doit avoir un cœur bien plus pur qu'on l'imagine. Il n'a en tout cas toujours pas dévoilé son excentricité habituelle, et la jeune femme devant lui semble plutôt attirée. L'impossible pourrait donc finalement se produire.

Kanamori paraissait tout aussi excité que s'il avait été à la place de Haganezuka.

— Et si vous alliez faire comme tous les jeunes de votre âge une petite promenade dans le jardin ?

Le chef mit ainsi un terme à la première partie de la rencontre, déplaçant la suite de l'entrevue dans le jardin.

L'homme de forte corpulence portant son masque de Hyottoko[6] et la resplendissante jeune femme dans la fleur de l'âge descendirent l'un après l'autre dans le jardin. Un spectacle proprement indescriptible.

— Vous n'êtes pas du genre très bavard, monsieur Haganezuka.
— Oui…
— Je trouve les hommes taiseux très charmants, vous savez. C'est signe d'une grande réflexion et d'une grande gentillesse.
— Ah bon ?
— La prochaine fois que nous nous verrons, je vous apporterai mes propres mitarashi dangos.
— Avec plaisir.

Haganezuka était toujours aussi peu prolixe, et sa voix était faible. Leur sujet de discussion ne tournait quasiment qu'autour du thème des mitarashi dangos. Mais malgré ça, l'atmosphère qui régnait entre eux s'avérait loin d'être aussi catastrophique qu'annoncé, bien au contraire.

— Nous assistons à un miracle, jeune Kotetsu.

---

6 NdT : litt. « l'homme de feu ». Personnage légendaire soufflant du feu avec sa pipe dont le visage est désormais reproduit sur des masques que portent tous les forgeurs de *Demon Slayer*.

Kanamori, qui avait baissé encore d'un ton pour éviter d'être repéré, essuya ses larmes avec son bras.

— Ça y est, Haganezuka va connaître le bonheur !

— J'ai pas rêvé ?! La jeune fille a bien tenté de lui prendre la main, c'est bien ça ?! Regardez ça, Haganezuka se tortille dans tous les sens comme une pieuvre !

— Oui, c'est sûrement sa façon d'exprimer sa timidité !

— Il est comme ça quand il est timide ? Beurk, il est répugnant à voir !

— Je dois avouer qu'il me répugne moi aussi, mais espérons tout de même que ce miracle se poursuivra jusqu'au bout.

Comme l'aurait fait n'importe quelle personne de son âge, Kanamori calma les ardeurs du jeune Kotetsu.

Haganezuka et sa jeune promise s'approchèrent alors du grand arbre derrière lequel se cachaient nos deux curieux. Cette proximité les força à retenir leur souffle.

Les deux tourtereaux s'arrêtèrent.

D'une voix soudain plus douce, la jeune fille l'appela :

— Monsieur Haganezuka... J'ai une demande à vous faire.

Le ton était sérieux, comme si elle semblait avoir pris une décision.

— Ou... oui ?

Haganezuka était tendu comme un arc.

Ça y est, ce qu'ils rêvaient d'entendre était sur le point d'être prononcé, songèrent nos deux espions cachés dans l'ombre en retenant leur souffle.

— J'ai bien compris en vous écoutant que vous êtes réellement passionné par votre travail.

— E... effectivement.

Une lueur d'espoir était faiblement perceptible dans la voix de Haganezuka.

— Néanmoins, à notre époque, les katanas n'ont plus aucun intérêt, continua-t-elle avec un sourire charmant. Plus personne n'en utilise. C'est la raison pour laquelle je suggère que vous les substituiez à l'avenir par des couteaux, des accessoires métalliques et autres objets de ce genre. Je n'aimerais pas que mon mari fabrique des produits aussi barbares que des sabres.

La demoiselle avait annoncé cela sans mauvaise intention, mais cela eut pourtant l'effet d'un coup de couteau dans le dos pour Haganezuka.

Kotetsu et Kanamori, qui se penchaient comme ils pouvaient pour entendre le mieux possible, furent pétrifiés par l'avertissement.

— C'est mauvais ! Très mauvais, même !! Elle est inconsciente de lui dire ça !

Les paroles prononcées par la femme étaient en effet totalement taboues face à Hotaru Haganezuka, pour qui l'amour du sabre japonais était comparable à de la folie.

Dans le pire des cas, il fallait envisager un meurtre dans les secondes qui allaient suivre. Ce qui signerait alors la fin du village des forgeurs de sabres.

— Jeune Kotetsu. Si le pire survient, tu devras fuir avec la jeune femme pour aller la mettre en sécurité. Pendant ce temps, je tâcherai de vous ouvrir une brèche en le retenant par-derrière pour que vous puissiez partir.

— Bien compris. Faites très attention à vous, monsieur Kanamori.

La tension entre Kotetsu et Kanamori était palpable.

Sauf que, à aucun moment, Haganezuka ne hurla. Devant cet homme restant étrangement de marbre, la jeune femme, inquiète, l'interpella : « Euh… Monsieur Haganezuka ? »

Quand soudain…

— Avec ces lames, répliqua-t-il en murmurant… Avec ces lames de barbare comme tu les décris, des gens risquent leur vie pour sauver des inconnus comme nous.

— Hein ?

— Bien qu'ils se blessent gravement, voire perdent parfois des membres, ils continuent d'aller de l'avant et de se battre quelle que soit la situation. Forger les armes qui permettent à ces personnes de se protéger, et donc être leur forgeur attitré, est un honneur pour moi.

— …

— Je suis désolé, mais j'aimerais que tu oublies ce que je viens de te dire.

La demoiselle en avait perdu les mots.
Un vent glacial s'infiltra entre eux.

Haganezuka ne fut pris d'aucune crise de fureur particulière.

La femme qui venait de mépriser son amour pour les sabres japonais n'avait même pas eu droit à la moindre hausse de ton de sa part.

Il venait simplement de la rejeter calmement.

Seuls sa fierté de forgeur et les liens qu'il avait tissés avec les pourfendeurs semblaient s'être exprimés ici.

C'est ainsi que le rideau se referma calmement sur l'entrevue en vue d'un mariage de Haganezuka.

— De toute façon, on n'y peut rien. Tout ça, c'est une histoire de destin. Il faudra simplement faire mieux la prochaine fois.

Le chef tentait, autant que possible, d'afficher une attitude positive.
— Bon, sur quelle fille vais-je cette fois jeter mon dévolu ?

Et il se remit à chercher parmi toutes les photos de prétendantes qu'il avait obtenues.
— Est-ce vraiment important ? Moi, j'ai mes katanas, ça me suffit…

D'un côté de la salle, tel un adolescent toujours pas remis de sa déception amoureuse après plusieurs jours, Haganezuka se roulait dans tous les sens par terre, sur les tatamis.
— Arrête de te rouler au sol comme ça avec ton gros corps, Hotaru. Ce spectacle est vraiment triste à voir.

De l'autre côté se tenait Kotetsu qui, malgré son ton acerbe habituel, avait daigné poser pour lui sur la table une assiette de mitarashi dangos.
— Regarde ! Tanjiro en a encore fait parvenir rien que pour toi. Si ça peut te permettre de retrouver un peu de bonne humeur, mange-les vite.
— Il a raison, monsieur Haganezuka. Vous avez vraiment de la chance d'avoir été choisi pour être le forgeur responsable d'un pourfendeur aussi gentil que lui.
— Pff. Il n'a eu que la punition qu'il méritait. Il a osé gâcher mon magnifique polissage !

— C'est bon, cesse de bouder comme ça. Attends, je vais te verser un peu de thé.

Sur ces mots, Kanamori remplit la tasse de Haganezuka… et uniquement la sienne.

Puis il s'exclama : « Regardez cette feuille de thé sur le rebord du bec de la théière[7], Haganezuka ! C'est synonyme de chance ! » Et effectivement, une feuille s'y tenait bien en équilibre.

— C'est la preuve que ta prochaine promise sera la bonne !

En lieu et place de la réaction de bonheur espérée sur le visage de Haganezuka, c'est de la colère qu'il manifesta.

— Mais le bon augure qu'est censée signifier cette feuille en équilibre n'est valable que si le convive boit entièrement sa tasse de thé sans s'en rendre compte ! Vous venez de tout gâcher ! Qu'est-ce que vous allez faire maintenant pour rattraper votre bourde, hein ?!

— Quoi ?!

— Ça sera de votre faute si ma prochaine entrevue ne donne rien ! Vous prendrez vos responsabilités, j'espère !

Les excuses qu'il se donnait ne plurent apparemment pas à Kanamori, qui, effaré, s'attaqua verbalement à son chef :

— Mais comment avez-vous fait pour élever quelqu'un doté d'un caractère aussi pourri ?

— C'est toi-même qui disais qu'il était impossible de changer le tempérament d'un adulte proche de la quarantaine !

---

7 NdT : quand, après avoir versé du thé à un convive, une feuille de thé apparaît et reste posée en équilibre à la sortie du bec de la théière, c'est alors synonyme de bon augure au Japon.

— Certes, je l'ai effectivement dit. Mais là, trop c'est trop. Ce garçon est ignoble. Franchement, c'est une véritable ordure.

— Pff, tout cela ne me regarde plus.

Tecchin se dégagea ainsi de toute responsabilité parentale. Il détourna son regard masqué.

Déçu, pardon, déçu... Déçu, Kotetsu poussa un long soupir derrière son masque Hyottoko.

Pour autant… il faut noter que cette expérience a tout de même légèrement changé Haganezuka.

L'entendre dire à cette femme ses quatre vérités fut non seulement drôle, mais eut aussi le mérite de le faire rayonner à ses yeux.

Ses paroles respirant l'amour pour son métier lui avaient réellement fait plaisir, non seulement en tant que forgeur, mais aussi en tant qu'habitant du village.

Cette rencontre avec ce jeune pourfendeur, qui possédait une confiance absolue envers son sabre, en lequel il confiait sa vie aveuglément, semblait avoir eu pour effet de le métamorphoser intérieurement.

Et c'est justement pour ces raisons qu'il se dit :

— Ô divinités… Si Haganezuka parvient un jour à se débarrasser tout seul de cet horrible tempérament, je vous prierai alors de consentir à lui offrir une gentille épouse acceptant son métier si spécial.

C'est ainsi que, intérieurement, Kotetsu pria pour cet hypothétique et lointain mariage de Hotaru Haganezuka.

— I… no… su… ke… Inosu… ke.
— Oui ! Ça y est, tu as réussi à le dire ! Tu l'as fait !

Ayant enfin réussi à faire prononcer son prénom à Nezuko, Inosuke bondit de joie en criant un « yahooo ! » de satisfaction.

Au moment de son hospitalisation pour ses blessures au domaine des papillons hier après-midi, il avait fait preuve d'un grand enthousiasme en apprenant que Nezuko était désormais capable de parler. Et il tint absolument à lui faire dire son prénom en tout premier lieu.

Résultat : si le terme « chef » avait donné un résultat bancal, quelque chose ressemblant vaguement à « chep », il était parvenu, après moult efforts, à lui faire prononcer à peu près correctement « Inosuke ».

S'il avait démontré une étonnante faculté de persévérance pour quelqu'un d'aussi impatient que lui en temps normal, son niveau de joie surprit également.

Son saut d'allégresse avait été tel qu'il avait littéralement paru flotter dans l'air.

Après de multiples cabrioles dans les airs, il lui avait alors fait répéter un nombre incalculable de fois son prénom, un peu comme un père heureux d'entendre son enfant prononcer ses premiers mots.

— Inosuke ?
— Oui !
— Inosuke !
— C'est ça ! Vas-y, prononce encore mon nom ! C'est important de connaître le nom de son chef !

La voix pleine de fierté d'Inosuke résonnait dans tout le jardin du domaine des papillons.

— Puisque tu te débrouilles si bien, laisse-moi t'offrir ce gland bien brillant.

Ayant compris qu'il s'agissait d'une récompense, Nezuko souleva avec fierté le gland au-dessus d'elle, comme un trophée. Ses crocs dépassaient encore de manière bien visible de sa bouche, et la prunelle de ses yeux était toujours rouge. Elle était toujours un démon. Mais apprendre que sa sœur pouvait désormais marcher au soleil avait été un soulagement absolu pour Tanjiro qui ne cachait pas lui non plus son bonheur.

Le souvenir du sourire radieux de Tanjiro et l'image devant lui de cette Nezuko resplendissante, debout en plein soleil, réchauffèrent le cœur d'Inosuke. Cette même sensation de bien-être qui l'enveloppait lorsqu'il était en présence de ses amis Tanjiro et Zenitsu. Même les fois où ce dernier faisait son couard et s'obstinait à vouloir combattre sa nature, il arriverait aujourd'hui à le pardonner.

Quoi de plus naturel ? Le bonheur de ses subalternes est le bonheur du chef.

Tandis qu'il reniflait gaiement d'un air satisfait, et alors qu'il songeait qu'il serait peut-être temps d'agrandir son groupe en introduisant de nouveaux subordonnés, il entendit un cri :

— Kyaaah !!

Depuis le fond du jardin, là où était étendu le linge, le son lourd d'un gros objet chutant au sol et le cri d'une jeune fille lui parvinrent.

C'était la voix d'une des trois jeunes filles travaillant au domaine en tant qu'infirmières, Kiyo Terauchi.

— Qu'y a-t-il, on est attaqués ?!

Inosuke s'était rapproché avec ses deux lames à la main.

Nezuko arriva à son tour dans la foulée.

Le son lourd était apparemment causé par la chute de l'étendoir. Chemises et pyjamas propres gisaient désormais au sol, dans la boue. En détresse, les fesses à terre, Kiyo pleurait, les mains posées sur son visage. Aoi Kanzaki et Kanao Tsuyuri étaient déjà agenouillées à ses côtés et tentaient de la consoler comme elles pouvaient.

— Qui a fait ça ?! Un démon ?!

— Un corbeau.

C'est Aoi qui répondit à la question d'un Inosuke déjà bouillonnant. Sous sa hure de sanglier, Inosuke fronça des sourcils.

— Un corbeau de liaison, dis-tu ?

— Voyons ! Aucun corbeau de liaison ne ferait ça ! C'était évidemment un simple corbeau.

— Et il lui a bouffé le visage, c'est ça ?
— Ne dis pas de choses aussi horribles !

Les conclusions hâtives d'Inosuke firent ouvrir grand les yeux d'Aoi.

— Tu te rappelles qu'il a plu toute la journée, hier ? Il en est résulté une grande quantité de lessive…

Aoi expliqua que ce matin, avec Kiyo, elles avaient dû se lever tôt pour rattraper le retard avec le linge des literies et des chemises de nuit. Alors que le lavage était terminé et qu'elles s'attelaient enfin à l'étendre, un corbeau était venu se poser sur la tête de Kiyo pour lui chaparder son épingle à cheveux.

C'est alors que Kiyo avait perdu l'équilibre et était tombée, entraînant avec elle la chute de l'étendoir.

— Une « pingle » à cheveux ? C'est quoi, ce machin ? Ça se mange ?
— Une « épingle » à cheveux. Regarde, c'est ça.

Aoi pointa alors du doigt sa propre épingle, qui reproduisait la forme d'un papillon.

— Une épingle à cheveux ?

Quand il y réfléchit de nouveau, Inosuke se remémora effectivement le petit ornement en forme de papillon que portait habituellement Kiyo, et qui n'était désormais plus là. Mais ce détail manquant était trop insignifiant à ses yeux pour qu'il ait pu s'en rendre compte au premier coup d'œil.

Mince alors, ce n'est que ça, se dit-il intérieurement, déçu.

— T'es pas blessée, ça va ?

— Non, ça va. Elle s'est simplement éraflée les genoux en tombant, rien de plus. N'est-ce pas, Kiyo ?

Kiyo se contenta de répondre à la question d'Aoi d'un simple acquiescement de la tête, toujours en sanglotant.

Kanao, elle, caressait maladroitement le dos de Kiyo. Nezuko l'imita, mais choisit de lui caresser plutôt la tête.

— Ç... ça va. Ça va... aller.

Les mots étaient maladroits, mais Kiyo, qui sanglotait toujours, y répondit en opinant de la tête à de nombreuses reprises.

Inosuke commençait à trouver ce spectacle ridicule à voir.

Pourquoi elle pleure, d'abord ?

Personne ne lui avait volé son repas, et encore moins ne l'avait blessé. Quelle était la raison de ces gémissements interminables ?

— Ne pleure pas pour une simple épingle. C'est qu'un objet, quoi !

— ... !

À l'écoute des paroles d'Inosuke prononcées sur le ton de l'exaspération, les épaules de Kiyo tressaillirent. Les yeux grands ouverts de stupéfaction, Aoi menaça subitement Inosuke du regard.

— Mais ça n'a rien à voir !!

Étonnamment, ce fut non pas Aoi mais Kanao qui exprima la première des deux son indignation.

Cette même Kanao, dont on pouvait compter sur les doigts d'une main le nombre de mots exprimés quotidiennement et qui ne faisait que sourire à longueur de journée, menaçait cette fois Inosuke du regard, ses joues blanches rougissant de honte.

— Pour Kiyo, cette épingle n'est pas un simple objet sans valeur ! C'est un précieux souvenir que lui avait offert notre grande sœur… Kanae. La preuve de son appartenance à cette maison qui est la sienne !

Ces dernières paroles furent prononcées avec des trémolos dans la voix, avant qu'elle ne se retourne pour s'enfuir en courant.

Inosuke observa, abasourdi, le dos de la jeune fille s'éloigner.

— Da… me Kanao… murmura Kiyo en pleurant.

Aoi la rassura d'un « tout va bien » en lui caressant la tête, puis l'aida à se relever. C'est alors que ses yeux croisèrent ceux d'Inosuke.

Elle va m'attaquer, songea-t-il.

Sauf que, mis à part une très légère pointe de tristesse qui se manifesta fugacement comme pour le réprimander du regard, elle ne fit rien d'autre.

— … et voilà, tu sais à peu près tout.

Assis en tailleur sur le lit de Tanjiro, toujours en convalescence à la suite des blessures reçues durant son combat au village des forgeurs de sabres, Inosuke venait de finir le récit de ce qui s'était passé quelques instants plus tôt dans le jardin.

Observant d'un mauvais œil ce spectacle, semblable à celui d'un petit enfant venant se plaindre pour se rassurer auprès de sa mère de ses mauvaises aventures, le jeune homme à la crête couché dans le lit voisin intervint dans la conversation :

— Si je peux me permettre, j'aimerais pouvoir m'endormir, donc évite de discuter trop fort, Tanjiro.

Sur ces mots, il dissimula sa tête sous la couverture et s'endormit.

Mais Inosuke ne l'entendit pas de cette oreille :

— Qu'est-ce que t'as, toi ? T'as un problème, tête de coq ? Viens te battre si t'es un homme !

Mais Tanjiro, qui savait s'y prendre pour le calmer, continua comme si de rien n'était :

— Et alors, que s'est-il passé ensuite ?

Après un très audible claquement de langue, Inosuke se rassit de nouveau en tailleur et poursuivit :

— Et voilà donc que l'autre fille, toujours muette, là, et non pas l'autre nabot qui râle tout le temps, se met à piquer une colère contre moi, dis donc !

Inosuke ayant l'habitude d'être sermonné par la trop sérieuse Aoi, il ne s'en formalisait même plus lorsque cela arrivait. Cela lui passait par-dessus la tête.

Mais cette colère de la très calme et peu prolixe Kanao, il ne l'avait absolument pas vue venir ni même imaginée possible. Encore moins pour un simple élément de détail comme celui-là. Plus il y pensait, plus l'événement qu'il venait de vivre lui semblait surréaliste, au point que la respiration d'Inosuke était devenue sifflante.

— Tout ça est vraiment trop anormal. Évoquer les souvenirs de Kiyo et s'enfuir ainsi…

— Je vois… Kanao a donc réagi ainsi.

— Les objets ne sont que des objets, non ? Et sa blessure n'était finalement que superficielle. Alors pourquoi cette gamine se met à chialer comme ça ? Ça dépasse ma faculté de compréhension.

Tanjiro avait écouté les plaintes de son camarade pourfendeur sans quasiment intervenir.

« Tu ne t'es jamais dit que ta compréhension des événements pouvait être erronée, Inosuke ? »

« Tu pourrais quand même parler d'elles de manière plus respectueuse ! »

S'il avait eu jusqu'ici de multiples occasions de lui faire des reproches, il n'avait cependant jamais approuvé son point de vue.

Il avait simplement écouté calmement, en le regardant. Les yeux de Tanjiro reflétaient tout autant du sérieux que de la bienveillance.

Mais qu'est-ce qu'il a à se taire comme ça, l'autre Soichiro ? Qu'il dise quelque chose, quoi !

Le regard de son interlocuteur était parvenu à mettre le désordre dans les émotions d'Inosuke.

L'attitude d'Aoi à son égard, quand elle s'était contentée de le contempler dédaigneusement, sans un mot d'énervement, avait eu le même effet que ce qu'il ressentait ici, assis sur le lit.

— Dis, Inosuke… l'interpela Tanjiro, d'un ton calme. Comment réagirais-tu si quelqu'un te volait ta hure de sanglier ?

— Tu t'imagines bien que j'irais de ce pas la récupérer !

— Et ce pagne que tu portes tout le temps ?

— J'irais alors fracasser le crâne du voleur, pardi !!

S'irritant à l'écoute de ces faits imaginaires, Inosuke leva de colère son poing fermement serré au-dessus de lui.

— N'est-ce pas ? dit Tanjiro le regard amusé, qui approfondit ensuite son explication. Il ne s'agit là que d'une supposition de ma part, mais je pense que si tu réagis ainsi, c'est parce que ta hure a appartenu au sanglier qui t'a élevé, tandis que, pour le pagne, c'est parce que c'est celui sur lequel ton prénom et ton nom, « Inosuke Hashibira », ont été inscrits par ton père ou ta mère. Tu as ainsi développé de profonds sentiments pour ces deux objets.

Lorsque le pagne fut cité, Inosuke renâcla.

— Je n'ai pas de parents.

— Inosuke…

— Ma vraie mère était un sanglier, lâcha-t-il, indifférent, tout en s'interrogeant sur la raison pour laquelle il tenait tant à ce pagne.

Puisque ce n'est qu'un objet, je devrais pouvoir accepter de m'en débarrasser sans problème.

Tanjiro considéra calmement Inosuke tandis qu'il se questionnait. En remarquant le regard si serein de son ami, cela lui remémora quelque chose arrivé il y a très longtemps.

Enfant, lorsqu'il s'était un jour interrogé sur le sens des écritures de son pagne, il était allé rendre visite à son papy okaki pour qu'il les lui lise. C'est ainsi qu'il apprit l'existence de ses vrais nom et prénom.

« C'est ton nom. C'est ton papa et ta maman qui te l'ont donné, prends-en bien soin ! »

Il se souvenait encore bien des paroles prononcées par son papy ce jour-là.

Mais oui ! C'est parce que mon nom est inscrit dessus que je tiens tant que ça à mon pagne. J'ai failli me faire avoir par l'autre Sojiro !

Pour lui, c'est l'inscription de son nom dessus qui avait de l'importance, et non le pagne en soi.

— Parce que je ne sais pas écrire.

Il précisa aussi que cela avait un côté pratique, car s'il oubliait un jour son nom pour une raison ou pour une autre, il aurait ainsi un aide-mémoire. Tanjiro n'insista pas pour éviter une discussion inutile, et décida d'aller dans son sens :

— D'accord. Dans ce cas, mettons pour l'instant ce pagne de côté. Reste que cette hure a bien de la valeur à tes yeux, non ?

— C'est vrai.

— Alors, dis-toi qu'aux yeux de Kiyo cette épingle a la même valeur sentimentale que cette hure pour toi.

— Ce serait donc un souvenir de celui ou celle qui l'a élevée ?

Inosuke inclina légèrement la tête, l'air interrogateur.

Il lui semblait effectivement que Kanao avait insisté sur le fait que l'objet volé en question avait été offert à Kiyo par quelqu'un. Mais qui était-ce, déjà ?

— Kanee ? Kanei… ? Kanai… Non, Kanae !

Inosuke se tapa le poing dans la paume de sa main.

— Mais c'est qui, au fait, Kanae ?

Inosuke afficha de nouveau une moue dubitative. Tanjiro s'en amusa.

— Je pense qu'elle doit parler de la grande sœur de Shinobu. J'ai déjà entendu cette histoire de la bouche de Shinobu, de Kiyo et des autres.

— La sœur de Shinobu ?

L'image de Shinobu, qui l'avait soigné l'autre jour à la suite d'une mission, se reconstitua dans sa tête.

« Attention, je t'ai recousu. Ne touche surtout pas tes plaies. Et n'essaie pas non plus de retirer toi-même les fils. »

Sur ces mots, elle avait entrelacé son pouce avec celui d'Inosuke.

« Promis juré ? »

Ce simple geste avait eu étrangement le pouvoir de lui ôter toute envie de retirer les fils.

— Ce n'était pas seulement la grande sœur de Shinobu, c'était également celle de Kanao, d'Aoi, de Kiyo, de Sumi, de Naho… La grande sœur de tous ceux qui vivent entre ces murs. Et ce, quand bien même elles n'auraient pas toutes du sang en commun entre elles.

— Qu'est-ce qui lui est arrivé à cette Kanae ?

— Elle est morte. Elle avait atteint le grade de pilier dans l'organisation des pourfendeurs.

— Ah bon…

Sa réponse fut brève.

Tout être vivant meurt un jour.
À la mort, nous repartons tous à la terre.

Il avait toujours grandi et vécu avec cette façon de penser gravée dans sa tête, mais c'est pourtant du visage souriant de Shinobu qu'il se souvint alors. Ce magnifique sourire dont elle l'avait gratifié quand ils avaient croisé les doigts.

— Tu as remarqué que toutes celles qui vivent ici arborent cette épingle en forme de papillon dans leurs cheveux ? Je suis prêt à parier que même Kanae portait le même.

Tanjiro ajouta également que, pour les jeunes filles du domaine des papillons, cette épingle à cheveux devait avoir pour fonction de les lier toutes ensemble à leur défunte grande sœur, et qu'elle avait donc, à cet égard, une grande valeur sentimentale. Inosuke écouta ses explications en silence, avant de demander laconiquement :

— Je comprends mieux pourquoi elle s'est énervée comme ça.

— Et c'est aussi la preuve que Kanao a suffisamment évolué pour être capable de s'exprimer ainsi.

Tanjiro fut sincèrement content pour elle.

— Ainsi, c'était pas qu'un simple objet, murmura Inosuke pour lui-même.

Tanjiro acquiesça d'un geste de la tête, le regard réjoui.

Son camarade resta quelques instants la tête baissée, l'air maussade, avant de sauter brusquement du lit de Tanjiro. Il s'apprêtait à quitter l'infirmerie sans un mot.

— Kanao a forcément dû elle aussi partir à la recherche de l'épingle de Kiyo, si tu veux mon avis, le prévint Tanjiro avant qu'il ne quitte la salle.

Sans l'avoir nullement questionné sur le sujet au préalable, Tanjiro avait ajouté à sa phrase un « aussi » révélateur. Comme s'il avait deviné ce qu'Inosuke s'apprêtait à faire…

— Je vais partir avec toi à sa recherche.

Tanjiro chercha à descendre de son lit.

— Je sors juste parce que je crève la dalle. Je me bougerai jamais le derrière pour une vulgaire épingle à cheveux.

Après avoir craché son venin, Inosuke pointa un doigt réprobateur en direction de Tanjiro et ajouta :

— Quant à toi, ne bouge pas d'ici! T'as pas intérêt à me suivre, c'est compris? J'ai pas envie de te voir tomber dans le coma à nouveau.

Sur cet avertissement, Inosuke quitta l'infirmerie.

Dans la foulée, l'homme censé être en train de dormir dans le lit d'à côté se leva brusquement et dit, exaspéré :

— C'est fou ce qu'il peut manquer d'honnêteté vis-à-vis de ses propres sentiments, lui.

— C'est vrai. Il te ressemble beaucoup, Genya, répondit-il en souriant.

— Moi, ressembler à ce sanglier puant? Tu veux mourir, toi, c'est ça?

Heureusement pour lui, ses propos ne parvinrent pas jusqu'aux oreilles d'Inosuke qui avait déjà parcouru une longue distance dans le couloir en courant…

— Hyaah!

Ayant sauté bien plus haut et loin que nécessaire depuis le corridor extérieur, il atterrit sur ses deux pieds dans le jardin, engendrant un bruit impressionnant. Portant le panier contenant le linge de nouveau propre, Aoi s'arrêta net et se retourna vers lui, inquiète.

— Hé, toi ! l'interpella-t-il, tandis que Kiyo, surprise, se blottit contre Aoi, avant de se cacher derrière elle.

En voyant la réaction de la petite fille, Aoi lui jeta un regard noir.

— Qu'est-ce que tu nous veux encore ?

La jeune femme au caractère bien trempé s'était exprimée d'un ton rude, en se penchant vers l'avant.

Il ne s'en formalisa pas particulièrement, et s'approcha d'elle sans gêne. Aoi leva le panier à linge pour former une barrière entre eux, pendant que Kiyo s'agrippait aux habits de la jeune femme.

— Sais-tu où il est passé ?

— Quoi donc ?

— Le corbeau qui a volé l'épingle du nabot tout à l'heure. Dans quelle direction il est parti ? répéta-t-il, irrité.

— Ah…

Aoi ne cacha pas sa surprise, et posa lentement le panier de linge au sol.

— Dans cette direction, je crois… Vers la grosse montagne, là-bas.

— D'accord.

Après avoir considéré la direction désignée par Aoi, Inosuke se mit en route immédiatement en courant. Mais il s'arrêta aussitôt en se remémorant quelque chose.

Il sortit un gland de la poche de son uniforme de pourfendeur et le présenta devant le nez de Kiyo, qui recula par réflexe.

— Je te le donne, s'expliqua-t-il.
— Pardon ?
— C'est mon plus gros gland. T'as vu comment il brille comme une pierre précieuse ? Voilà pourquoi je veux te l'offrir.
— M... merci.

Kiyo tendit timidement ses mains et Inosuke posa le fruit luisant du chêne dans la paume de ses petites mains. Dans un murmure, Kiyo dit : « Il est si joli... » Il eut pitié pour cette petite dont le contour des yeux était rougi et enflé. Le papillon à une seule aile qui restait dans ses cheveux oscilla avec le vent.

— Je suis désolé pour tout à l'heure, s'excusa-t-il succinctement.
— Hein... ? Euh...

Notant simplement du coin de l'œil le regard affolé de Kiyo, il se mit de nouveau à courir dans la direction où s'était envolé le corbeau. Dans son dos, il entendit Aoi l'interpeler en criant :

— Inosuke !!

Il s'immobilisa et regarda par-dessus son épaule. Aoi le contemplait d'un air très sérieux.

— Cela n'a été que très furtif, donc je n'en ai pas la certitude, mais il m'a semblé apercevoir une plume blanche dans le plumage de sa queue !
— Merci pour l'information ! la remercia-t-il à voix haute.

L'expression du visage d'Aoi se détendit enfin.
— Fais attention à toi !
— Fais-moi confiance !

Cette fois-ci, plus rien ne vint stopper la course d'Inosuke qui se dirigeait à toute allure en direction de la montagne rougeoyante située juste au-dessous du soleil couchant.

— Je ne sais pas quoi faire. Je ne le trouve nulle part.

Embarrassée, Kanao tournait toujours en rond à la recherche du fameux corbeau ayant emporté dans son bec l'épingle à cheveux de Kiyo.

Son regard avait pu capter une particularité intéressante chez cet oiseau : une partie du plumage de sa queue était blanche. Mis à part ce détail, il ne se démarquait guère des autres oiseaux de son espèce. Partie à sa poursuite, elle était parvenue difficilement à le suivre au départ, et il lui avait semblé qu'au loin, au bout d'un certain temps, un oiseau ressemblant fortement à un corbeau avait fini par descendre pour se poser sur le flanc de la montagne. Mais maintenant qu'elle y réfléchissait, elle n'était plus du tout sûre de ce qu'elle avait vu.

Elle s'était malgré tout donné du mal en allant vérifier les nids d'oiseaux en haut des arbres ou dans les fourrés qu'elle traversait, mais elle ne trouva ni épingle ni corbeau à queue blanche.

Le soleil avait fini par décliner, et le flanc de montagne s'était assombri. Le fait d'y voir de moins en moins bien tracassa Kanao.

Et pourtant, sa faculté à voir dans le noir était plus développée que la normale. L'arrivée de la pénombre ne l'empêchait pas de distinguer les contours de ce qui l'entourait, mais les ténèbres finiraient forcément par dominer au bout d'un moment. Il lui fallait donc rentrer au plus vite au domaine, ne serait-ce que pour éviter à tout le monde une inquiétude inutile.

Cependant, elle savait aussi que si elle rentrait, récupérer l'épingle deviendrait alors inenvisageable. Définitivement.

Ma pauvre Kiyo…

Elle n'avait jamais vu cette fille d'ordinaire si radieuse pleurer autant. Au point que son tout petit corps en vienne à trembler.

Une réaction en tout point similaire à celle qu'elle avait eue le jour où elle s'était présentée pour la première fois au domaine des papillons…

À l'époque où Kiyo avait été adoptée par le domaine des papillons, elle pleurait alors beaucoup.

La blessure infligée par la perte de ses parents, assassinés par un démon, semblait avoir du mal à se refermer chez elle. Chaque fois que quelque chose lui remémorait la mort de ses parents, elle se mettait à sangloter.

Ce jour-là également, Kiyo se tenait dans un coin de jardin, et sa voix était devenue presque imperceptible à force de pleurer.

Assise sur le corridor extérieur, se reposant de son entraînement, Kanao avait été alors incapable de comprendre les raisons pour lesquelles cette petite fille à peine débarquée de l'extérieur pleurait sans cesse.

Contemplant distraitement le paysage, sans néanmoins faire réellement attention aux papillons qui virevoltaient dans les airs, Kanao se rendit compte au bout d'un moment de la présence de Kanae au côté de Kiyo.

Kiyo discutait avec elle de quelque chose avec sa voix rauque.

La distance qui la séparait de ce coin de jardin l'empêchait de saisir le moindre mot de leur conversation.

Kanao pouvait néanmoins déceler toute la gentillesse et la chaleur, mais également une pointe de tristesse, que dégageait le regard de Kanae.

Kanae lui dit alors quelque chose, et Kiyo sembla y répondre favorablement.

Kanae fit ensuite passer les doigts fins de sa main dans la chevelure de Kiyo, et lui fixa une petite épingle en forme de papillon. Ce fut cette fois un joli sourire qu'elle exhiba sur son visage mouillé par les larmes.

Il est fort probable que, ce jour-là, Kanae avait tout fait pour accueillir en elle l'incommensurable quantité de douleur et de haine, de solitude et de colère, de peur et de tristesse que cette petite fille ressentait pour l'en soulager. Sans jamais craindre ce qu'elle s'infligeait alors à elle-même.

Voilà le genre d'individu que Kanae était : un amas de gentillesse.

Kanao avait la certitude qui si l'on accumulait toute la beauté et la bienveillance de ce monde en un point, cela engendrerait l'équivalent de Kanae, tant elle était un puits sans fond de bonté.

Elle et Shinobu étaient parvenues à unir, à lier toutes les filles vivant sous le toit du domaine des papillons comme si elles ne formaient qu'une seule et même famille, alors qu'aucune d'elles n'avait de lien de sang avec les autres.

Ces épingles que Kanae leur avait fournies étaient ainsi un peu la preuve formelle de leur appartenance à cette famille.

Celles-ci n'étaient ni rares ni dotées d'une grande valeur. Comme l'avait précisé Inosuke, il ne s'agissait en effet que d'un simple objet.

Mais le simple fait de porter cette épingle leur donnait l'impression d'avoir le droit de vivre ici, de se sentir chez elles et de ne pas être seules.

Cela ne valait peut-être que pour Kanao, mais pour elle, ce n'était pas qu'un simple objet. Et elle avait la certitude qu'il en était de même pour Shinobu, Aoi, Naho, Sumi, et bien évidemment Kiyo…

Voilà pourquoi elle avait réagi aussi vivement. Bien qu'elle sût pertinemment qu'Inosuke n'avait pas prononcé ces mots avec l'intention de blesser.

« Et si tu profitais de la présence des pourfendeurs de ta promotion sous notre toit pour aller leur parler ? Je suis sûre que tu arriverais à bien t'entendre avec eux, comme cela a été le cas avec Tanjiro, et que cela te fera encore grandir. »

C'est de retour d'une mission il y a quelques jours que Shinobu avait prononcé ces paroles en lui souriant.

Pour une Kanao qui venait à peine de devenir capable de prendre des décisions sans compter sur sa pièce, ce qu'elle lui avait demandé là nécessitait encore pour elle beaucoup d'efforts.

Que ce soit lorsqu'elle s'était décidée à faire essayer les bulles de savon à Inosuke, ou quand elle avait demandé à Aoi l'autorisation de s'occuper elle-même de donner ses médicaments à Genya, elle s'était révélée incapable de leur parler, s'était empressée de faire ce qu'elle avait à faire et s'était enfuie en courant.

Et alors qu'elle s'était enfin promis de faire de son mieux pour aider Kiyo, voilà le résultat.

Ses épaules s'affaissèrent.

Moi qui croyais avoir enfin changé grâce à Tanjiro…

En réalité, quasiment rien n'avait changé.

La seule chose qu'elle était capable d'accomplir convenablement se résumait à tuer des démons.

Totalement déçappointée, Kanao se remit à marcher à travers la montagne, mais, incapable de retrouver l'épingle perdue, elle prit la décision, à contrecœur et découragée, de redescendre dans la vallée.

Pardonne-moi, dame Kanae… J'ai été incapable de me rendre utile pour Kiyo. Je n'arriverai jamais à devenir comme toi.

Perdue dans ses déprimantes pensées, elle aperçut alors une silhouette humaine se profiler au pied de la montagne. Venant à contre-jour, elle eut du mal à voir les traits du visage de l'individu.

Kanao plissa les yeux tout en s'approchant de la silhouette en question, et put au bout d'un moment deviner enfin que la personne en question avait une tête de sanglier.

— Yo.

— Hein ?

Et avant même qu'elle puisse lui demander ce qu'il faisait là :
— Tiens.
Inosuke lança vers elle ce qu'il tenait en main. Elle rattrapa l'objet sans avoir le temps de constater de quoi il s'agissait.
Kanao ouvrit ses mains et découvrit un petit papillon. Elle ouvrit grand les yeux de surprise.
— Mais…
Bien que le fil ait été coupé et les ailes du papillon tordues, il n'y avait aucun doute possible quant au fait qu'il s'agissait bien de l'épingle recherchée.
— Comment se fait-il que…?
Kanao leva son regard de l'épingle.

Comment l'avait-il retrouvée ?
Et surtout, pourquoi s'était-il mis à sa recherche ?

Mettant de côté le flot de questions qui l'envahissait, elle fixa le visage de son camarade de promotion, qui renâcla et afficha son regard le plus prétentieux.
— Je suis le roi de la montagne. Tous ceux qui vivent en son sein sont mes disciples. Leur demander s'ils n'avaient pas vu passer un corbeau avec une couleur de plume aussi visible, c'est un jeu d'enfant pour moi !
— Quoi ? Tu es en train de me dire que tu comprends le langage des animaux ?
— Disons que je comprends ce qu'ils pensent.
— Incroyable ! s'exclama-t-elle sincèrement, ce qui eut pour effet d'égayer Inosuke.
— Certes, hé, hé.

Il manifesta sa joie d'un grand sourire, en bombant le torse. Comme s'il attendait qu'on le félicite encore. Malgré sa tête de sanglier prétentieuse et son ton parfois grossier, l'attitude qu'il avait actuellement ressemblait en tout point à celle d'un enfant.

— Tu as dû remarquer que vos épingles brillaient beaucoup au soleil, n'est-ce pas ? C'est justement ce qui les attire, les corbeaux.

Sur ces mots, Kanao souleva en l'air l'épingle qu'elle tenait en main.

Il faisait déjà très sombre, mais les rares rayons de soleil couchant qui leur parvenaient firent effectivement étinceler légèrement les ailes de papillon.

Le papillon rougeoyant était magnifique. Un court instant, les traits de Kanae vinrent se superposer à ceux de l'objet.

En serrant fortement l'épingle, Kanao parvint difficilement à contenir les larmes qu'elle sentait monter à ses yeux et à ne pas craquer.

— Je…

Les paroles se mirent à affluer naturellement.

— Je suis désolée de m'être emportée tout à l'heure.

— Hein ? Qu'est-ce qui te prend, soudain ?

— Merci pour tout, Inosuke.

La voyant s'incliner devant lui, le pourfendeur eut du mal à cacher sa perplexité devant le geste de sa camarade. Alors qu'elle considérait son expression déconcertée, semblant avoir quelque chose à dire mais ne trouvant pas les mots pour le faire, Kanao s'aperçut enfin qu'elle venait pour la première fois de prononcer son prénom.

Cela l'embarrassa fortement. Mais étonnamment, cela ne lui parut pas désagréable.

— D… de rien…

La réponse d'Inosuke vint enfin.

— Tu peux me faire confiance. Je ne suis pas votre chef pour rien.

Alors qu'Inosuke se frappait le torse vigoureusement, Kanao acquiesça puis tendit la main pour lui rendre l'épingle.

Kiyo retrouverait ainsi le sourire. Le simple fait d'y penser lui fit ressentir une douce chaleur qui se répandait en elle.

Sauf qu'Inosuke refusa ce qui lui était proposé.

— C'est toi qui iras la lui rendre.

— Pourquoi donc ? C'est toi qui l'as retrouvée et…

— C'est bien la preuve d'appartenance à votre famille, non ?

Inosuke interrompit brusquement la réplique de Kanao.

— Dans ce cas, il est normal que ce soit un membre de sa famille qui la lui rende.

Sa voix était faible, mais montrait sa certitude.

Il était également impossible de constater où portait son regard caché derrière sa hure.

Et pourtant, l'intonation me donne vraiment l'impression qu'il me parle avec gentillesse.

Kanao se contenta d'opiner de la tête sans un mot, tandis qu'Inosuke s'étirait.

— Bon, on rentre ?

— Oui.

— J'ai la dalle.

Comme en réponse à son cerveau, son ventre se mit à gargouiller.

— Euh… Est-ce que ça te dit d'aller acheter des pâtisseries avant de rentrer ? demanda Kanao.

Se rendre à la ville à partir d'ici avant de rentrer revenait à faire un petit détour, mais elle se savait assez rapide pour pouvoir rentrer au domaine avant l'heure du repas. Elle pourrait ainsi acheter les gâteaux préférés d'Inosuke, mais aussi les senbeïs[8] qu'aimait tant Kiyo.

Alors que Kanao était perdue dans ses pensées gourmandes, Inosuke vint briser son élan :

— Non, je suis désolé, mais c'est pas de sucre dont je rêve maintenant, mais de tempuras. Tu m'en prépareras de bons en rentrant.

— Hein…?

Sa réponse l'étonna tellement qu'elle en tressaillit.

— Des tempuras ? Moi ?

Au domaine des papillons, c'était Aoi, Kiyo, Sumi et Naho qui s'occupaient des travaux domestiques. Aoi était non seulement très adroite, mais également très douée en cuisine. C'était donc elle qui s'occupait exclusivement de la préparation des repas. Kiyo et les autres l'aidaient chacune à leur tour en cuisine.

De son côté, et même si cela allait un peu mieux depuis peu pour elle, Kanao ne les aidait quasiment jamais du fait de son incapacité chronique à prendre des initiatives.

Il lui était bien arrivé autrefois d'aider en cuisine avec tout le monde lors d'un hanami[9], du vivant de

---

8 NdT : galettes de riz gluant traditionnelles japonaises.
9 NdT : coutume traditionnelle consistant à profiter de la beauté des fleurs, principalement de cerisiers, en pique-niquant sous les arbres lors de la floraison.

Kanae, mais elle s'était en réalité contentée cette fois-là de goûter les plats.

De mémoire, la seule fois où elle s'était attelée à la conception d'un plat avait été lors de la préparation avec Kiyo du gruau de riz pour Tanjiro, qui était revenu gravement blessé de son combat contre la sixième lune supérieure et s'était réveillé de son coma. Mais elle avait alors grandement bénéficié de l'aide et des conseils de Kiyo.

— Je ne suis pas très douée en cuisine, donc je demanderai à Aoi de…

Mais avant même d'avoir terminé sa phrase…

« À l'image de Tanjiro qui est parvenu à bien s'entendre avec toi, je suis sûre qu'il arrivera lui aussi à te faire grandir en tant que personne. »

Elle crut entendre Shinobu lui susurrer ces paroles dans l'oreille. Mais également le très gracieux rire de Kanae…

Kanao étouffa au plus profond d'elle-même les paroles qu'elle avait jusqu'alors l'intention de prononcer et dit à la place :

— … m'apprendre comment en préparer.

Et esquissa un petit sourire.

Les tempuras qui sortirent de la cuisine le soir même, après une longue séance d'apprentissage en compagnie d'Aoi, furent tantôt carbonisés, tantôt manquant de cuisson, mais cela ne sembla pas déranger un Inosuke qui, s'exclamant que c'était « succulent », en dévora une montagne entière.

Quant à Kiyo, dont les cheveux étaient de nouveau parés du papillon volé par le corbeau, elle jouait en compagnie de Nezuko au jeu consistant à deviner dans quelle main se trouvait le gland que lui avait offert Inosuke, et dont elle semblait prendre étonnamment grand soin.

— Dans quelle main il est ?
— C… celle-ci !
— Hi hi, dommage. C'était l'autre.
— En… core une fois !

Naho et Sumi, qui la considéraient avec envie, demandèrent des explications :

— C'est pas juste, Inosuke !
— Nous aussi, on veut un gland aussi joli que celui-là !

Pendant ce temps, Aoi choisissait les plats qu'elle souhaitait apporter à Tanjiro et Genya et les posait un à un sur un plateau. Concernant les tempuras préparés par Kanao, elle expliqua sa stratégie : « Je vais essayer de leur en faire manger en ciselant finement les tempuras, puis je poserai le tout sur leur bol de riz et leur ferai passer ça avec du thé vert. »

Shinobu observait tout ce beau monde en souriant, paraissant les chérir comme ses propres enfants.

Lorsque son regard croisa celui de Kanao, elle la gratifia d'un sourire affectueux.

Kanao sentit son cœur se remplir d'une douce chaleur.

Elle songea alors que ce bonheur durerait pour toujours… et qu'il se poursuivrait pour l'éternité.

— Accroche-toi à mes épaules, Inosuke !

Kanao s'était glissée sous le corps d'Inosuke et essaya de le soulever. Du fait de son imposante musculature, Inosuke s'avéra bien plus lourd qu'imaginé, et Kanao n'était évidemment pas elle-même aidée à cause de ses propres blessures qui, ajoutées à l'effort demandé, la faisaient tituber. Mais elle parvint malgré tout à rester debout.

Ils se trouvaient dans une des multiples pièces de la forteresse infinie.

Parvenus à vaincre la deuxième lune supérieure, au prix de cet immense sacrifice qu'avait représenté la mort de Shinobu, tous deux étaient désormais criblés de blessures.

Kanao avait par exemple perdu presque entièrement la vue de l'œil droit, et Inosuke n'avait pas un endroit de son corps épargné par les plaies. Elle avait fait ce qu'elle avait pu pour recoudre et bander les blessures saignant trop abondamment, mais cela ne changeait rien au fait que le voir se tenir debout ainsi relevait vraiment du miracle.

Ils devaient malgré tout continuer d'aller de l'avant.

Traînant à moitié leurs corps comme ils pouvaient, ils parvinrent jusqu'à un couloir.

Inosuke, qui ne portait plus sa hure de sanglier, sanglotait à grosses larmes, comme un enfant. Il n'y avait rien d'étonnant à cela, sachant qu'il venait d'entendre dire que sa mère ne l'avait pas abandonné, mais qu'elle était morte en voulant le protéger.

Cependant, à force de le voir pleurer et afficher une telle vulnérabilité, elle finit elle aussi par sentir venir les larmes.

Shinobu…

À vouloir tout faire pour empêcher des sanglots de sortir, on finissait toujours par ressentir une sorte de douleur au fond du nez, qui avait pour effet de troubler votre champ de vision.

— Tu sais, lâcha soudainement Inosuke d'une voix inhabituellement faible pour lui, la première fois que j'ai rencontré Shinobu, j'ai alors eu l'impression de l'avoir déjà rencontrée quelque part auparavant.

Mais ce n'était pas le cas en fait, s'expliqua-t-il ensuite.

— C'est juste parce qu'elle ressemblait en fait beaucoup à ma mère.

Ses pleurs se transformèrent en sanglots.

Entendre le nom de Shinobu être prononcé ainsi fit se briser en elle la digue de ses larmes.

Elle se demanda si Shinobu avait déjà pu rejoindre sa sœur Kanae au ciel.

Et si elle pouvait désormais enfin vivre en paix au Paradis en compagnie de sa famille.

Les gouttes ruisselaient sur ses joues.

— Arrête de pleurer comme ça.

— D'accord, mais seulement si tu arrêtes toi aussi.

Le très têtu jeune homme qu'il était ne pouvait décemment pas la laisser insinuer ça :

— Je ne pleure pas, moi ! s'énerva-t-il.

Il repoussa le bras de Kanao et remit la hure sur sa tête. Et alors qu'il s'apprêtait à retirer les bandages qu'elle lui avait soigneusement apposés, elle s'empressa de l'en empêcher.

— Non, ne les enlève surtout pas ! Il ne faudrait pas que les blessures que je me suis efforcée de refermer se rouvrent, tout de même.

— À force d'être saucissonné comme ça, je vais finir par ne plus avoir aucune sensation !

— Shinobu te l'a pourtant répété mille fois ! Une plaie doit absolument rester propre !

À l'écoute du nom du défunt pilier de l'insecte, Inosuke hésita. Il cessa de dérouler son bandage et dit :

— Toi aussi, fais-le, lâcha-t-il.

— Faire quoi ?

Remarquant que Kanao fronçait des sourcils, il apposa sa main droite sur le flanc de sa hure de sanglier.

— Tes machins, là. Tes épingles.

— Ah… !

C'est ainsi que Kanao s'aperçut que ses cheveux étaient totalement éparpillés. Et se souvint qu'elle portait sur elle, à l'intérieur de son uniforme, les épingles à cheveux de ses deux grandes sœurs.

— C'est notre dernière chasse aux démons. Alors emmène donc ta famille avec toi.

— …

À l'écoute de ces paroles, Kanao ouvrit ses yeux en grand, puis les plissa. Plusieurs émotions vinrent se mêler en elle. Des souvenirs du domaine des papillons et le visage de tous ses habitants ressurgirent.

Les souvenirs de tous ces gens auxquels elle tenait tant et qu'elle s'était juré de protéger, mais en vain. Elle se promit à cet instant de pouvoir au moins rapporter ces épingles au domaine, pour le bien de tous ceux qui devaient actuellement prier pour leur retour sains et saufs.

Et de ramener surtout avec elle cette paix pour laquelle ses deux sœurs s'étaient battues et avaient perdu la vie…

Je le promets…
Kanao se mordit la lèvre, puis s'attacha les cheveux de la même manière que le faisait Kanae pour elle. Elle fixa ensuite l'épingle de sa sœur.
Observe-moi bien, ma grande sœur.
Elle se promit de vaincre Muzan Kibutsuji pour que plus personne n'ait à vivre la même tristesse que celle qu'elle éprouvait.
Accorde-moi ta bénédiction.
— Allons éliminer l'autre, puis nous retournerons auprès des copains !
Inosuke regardait fixement le fond de ce couloir qui semblait se poursuivre jusque dans les profondeurs de la forteresse.
Kanao opina de la tête en silence.
Et tous deux reprirent leur marche.
Pour mettre fin définitivement à cette longue et interminable nuit de ténèbres…

« Ceux chez qui la marque est apparue n'auront pas le choix… Tous les porteurs de marque, quels qu'ils soient, sans exception… »

La voix posée mais fragile avait traversé ses oreilles avec indifférence, comme s'il s'était agi d'une langue inconnue d'un pays lointain.

Vingt-cinq ans.

Tous les porteurs de la marque, sans exception, mourraient avant d'atteindre cet âge.

Son grand frère, lui, avait perdu la vie à onze ans.

En prédiction de la bataille à venir, l'assemblée extraordinaire des piliers, qui avait accouché de l'organisation d'un entraînement des piliers et du contenu des entraînements que chacun des piliers aurait à pourvoir, venait de prendre fin.

Alors que Muichiro marchait sur les magnifiques pas en pierre qui ornaient le jardin pour quitter la résidence Ubuyashiki, une voix derrière lui l'interpella :

— As-tu un instant à m'accorder ?

Sans même se retourner, il reconnut immédiatement le propriétaire de cette voix calme et respirant la modestie.

— Himejima.

Muichiro se retourna en prononçant son nom et constata une pointe de douleur dans le regard du pilier du rocher, Gyomei Himejima, dont les yeux étaient plissés.

— J'aimerais discuter avec toi…
— Avec moi ?
— Oui. Et si possible quelque part où l'on puisse s'asseoir.

Il le suivit dans le jardin, jusque sous l'abri, et s'assit en face de Himejima.

L'emplacement de cette petite retraite construite dans un coin du jardin afin de proposer un espace pour le repos avait été choisi pour la brise qui s'y engouffrait souvent, tandis que le toit de chaume embaumait l'air d'une fort agréable odeur. En prêtant l'oreille, on pouvait entendre le gazouillement des petits oiseaux se mélanger au son des branches d'arbre que le vent agitait doucement.

— Sur quel sujet voulez-vous qu'on discute ?
— Au sujet de ce que nous a révélé dame Amane.

À la demande de Muichiro, Himejima entra enfin dans le vif du sujet.

« Ah oui », enchaîna Muichiro qui avait maintenant compris la direction qu'allait prendre la discussion.

— Au sujet de la marque, c'est bien ça ? Et du fait que l'on ne pourra pas survivre au-delà des vingt-cinq ans.

— Exactement.

À l'acquiescement de Himejima, Muichiro répondit par de l'indifférence.

— Vu la puissance développée par mon corps au moment de l'apparition de la marque, il est très probable que cela soit vrai.

Il poursuivit en expliquant que cela pouvait être dû au fait que le corps faisait usage de toute la vitalité restante en nous, celle qui nous permettrait en temps normal de vivre jusqu'à un âge avancé. Voilà pourquoi les détenteurs de la marque ne pouvaient pas espérer survivre au-delà des vingt-cinq ans. Car ils se retrouvaient vite asséchés de toute vie.

Dans les faits, c'était en effet grâce à cette marque qu'il avait pu vaincre seul la cinquième lune supérieure.

— Quant à vous, Himejima…

On racontait que Himejima avait vingt-sept ans. Quand bien même il parviendrait à faire apparaître la marque, il aurait alors déjà dépassé l'âge limite. Muichiro allait donc lui faire part de son inquiétude quand son interlocuteur le coupa.

— Ne te préoccupe pas de moi.

Chose rare, la tonalité de sa réponse fut quelque peu rude.

— Cela fait déjà longtemps que je suis prêt à accueillir la mort. Mais toi, en revanche, c'est autre chose… Tu n'as que quatorze ans.

Une tristesse indescriptible accompagna le timbre de voix et l'expression du visage de Himejima.

Doté d'un corps de colosse et d'une force enviée de tous les pourfendeurs, cet homme, qui avait aussi été gratifié de la bienveillance et de la compassion de Bouddha en personne, était déjà en train de verser des larmes pour Muichiro.

— Tokito. Ce n'est évidemment pas dans le but de faire affront à ton statut de pilier, ni de douter de ta résolution, mais… Tu es sûr que ça va, pour toi ?

— Pourquoi cela n'irait pas ?

Muichiro ne semblait réellement pas comprendre l'inquiétude de son camarade. Bien qu'il n'y eût aucune pointe d'ironie dans son incompréhension, Himejima fronça les sourcils.

— Ta marque est déjà apparue. Il ne t'est plus possible de choisir.

— Eh bien c'est aussi le cas de Kanroji. C'est plutôt elle qui devrait être la première à bénéficier de votre sollicitude. Ainsi qu'Iguro, par la même occasion.

— Je comprends que tu te fasses du souci pour Kanroji, mais pourquoi devrais-je également m'alarmer pour Iguro ?

— Mais parce qu'il l'aime, non ?

— Étonnant…

Durant un instant fugace, les yeux sans lumière de Himejima s'ouvrirent en grand.

— Vous ne vous en étiez pas encore aperçu ?

— Au contraire… C'est justement le fait que toi tu t'en sois rendu compte qui m'a étonné.

Après avoir prononcé cette remarque quelque peu discourtoise de la manière la plus naturelle du monde, Himejima lâcha un sourire. C'est dans ces rares moments de légèreté que ce pratiquant acharné de la religion, à l'expression de visage effrayante, devenait un peu humain.

Si ces maudits démons n'avaient pas existé, cet homme aurait été sans l'ombre d'un doute une personne douce et gentille, songea-t-il.

— Tu as changé, murmura Himejima. À moins que ce ne soit là ta véritable façon d'être ?

— …

Il est vrai qu'en temps normal, Muichiro ne se serait jamais soucié du moindre changement émotif d'un collègue, que celui-ci soit très visible ou peu perceptible. Il en était même venu à oublier ce frère jumeau venu au monde en même temps que lui et dont on avait retiré la vie, tant la brume qui enveloppait son cerveau était épaisse. Son unique passe-temps aujourd'hui était sa quête d'extermination des démons, et rien d'autre ne trouvait grâce à ses yeux.

Il n'entendait rien et ne voyait rien.

Ce furent les paroles de ce jeune Tanjiro, dont le physique lui avait évoqué son défunt père, et Kotetsu, qui avait réalisé des efforts non négligeables pour essayer de l'aider, qui l'avaient aidé à se sortir la tête du brouillard.

C'était ainsi grâce à eux qu'il arrivait désormais, comme autrefois, à bien observer son entourage ; à s'émerveiller de la beauté de ce monde ; ou à percevoir la gentillesse des gens.

Muichiro leva alors la tête pour admirer le ciel bleu qui s'étendait au-dessus du toit de chaume.

Je vous attendrai, messire Tokito...

Par la suite, lorsqu'il rendit à nouveau visite au village des forgeurs de sabres, il se remémora la promesse faite auprès du jeune forgeur.

— Hein ? C'est pas vrai ? C'est bien vous, messire Tokito ? Que vous arrive-t-il ?

Lorsque Muichiro entra dans le village des forgeurs de sabres, de multiples parties de son corps enroulées dans du bandage, Kozo Kanamori accourut vers lui, visiblement très surpris.
— Vos blessures sont guéries ?
— À peu près, oui. Mais je suis loin d'avoir retrouvé toutes mes facultés physiques... Et le déménagement du village, alors ? Il avance ?

Kanamori acquiesça.
— Plus que deux jours et nous devrions avoir terminé. Pour plus de sûreté, nous avons d'abord emmené les vieillards et les enfants dans le nouveau village. Ma femme est déjà en train de déballer nos affaires sur place.

L'attaque récente du village par deux lunes supérieures avait causé de lourdes pertes parmi les habitants, une partie d'entre eux ayant été blessés ou tués.

Dans l'ensemble, cependant, les dégâts n'avaient finalement pas été fatals à la survie du village.

Heureusement pour eux, ils avaient pu rapidement commencer le déménagement vers le nouveau village qu'ils avaient eu la présence d'esprit de bâtir, en cas de besoin.

— Nous avons déjà quasiment terminé le transfert des outils et des sabres. Nous finirons d'emporter les dernières affaires avec les hommes valides restants, car pour l'instant nous voulons nous focaliser sur l'enterrement des victimes. Sauf Haganezuka, qui a préféré déjà partir pour le nouveau village, prétextant qu'il avait du polissage à terminer. Mais c'est mieux ainsi, car au moins il ne nous embête pas.

Malgré son masque d'apparence guillerette, Kanamori ne se priva pas d'envoyer cette petite pique.

Muichiro contempla l'ancien village désormais dénué de vie. Toutes les maisons, détruites sans pitié, avaient été réduites au silence.

Auparavant, il était impossible de marcher ici sans entendre des bruits de marteau frappant le fer. Ce lieu était devenu sinistre.

— Vous ne transférerez pas les tombes dans le nouveau village ?

— Non.

On put ressentir une légère douleur dans le ton de sa réponse. Mais sa bonne humeur revint dès la phrase suivante.

— Nous devons d'abord nous occuper des survivants. La priorité suivante sera de nous remettre à vite forger des lames. C'est notre fonction première, après tout.

— C'est vrai.
— Et donc, messire Tokito, qu'êtes-vous venu faire ici ? Vous avez oublié quelque chose ?

Kanamori était ainsi revenu à sa toute première question. Muichiro répondit sans la moindre motivation.

— J'aurais souhaité pouvoir visiter la tombe de messire Tetsuido.

— Ah, d'accord ! Dans ce cas, je vous accompagnerai avec grand plaisir.

Après la surprise de la demande, Kanamori opina plusieurs fois du chef.

Tetsuido était le nom du précédent forgeur responsable des sabres de Muichiro avant que Kanamori ne prenne la relève. Mais pour Muichiro, Tetsuido n'avait pas été simplement le créateur de ses sabres. Il s'était aussi beaucoup préoccupé de lui. Malheureusement, le pilier de la brume n'avait jamais pu apprécier à sa juste valeur la chaleur réconfortante que les paroles de ce monsieur auraient dû lui procurer de son vivant.

À vrai dire, il avait même dû se donner beaucoup de mal pour ne pas oublier son nom.

Voilà pourquoi il avait tenu absolument, avant que le village ne disparaisse définitivement, à venir faire une prière ici pour lui.

— J'aurais aussi aimé pouvoir rencontrer Kotetsu, mais…

Ayant entendu dire à l'instant que femmes et enfants avaient été déplacés les premiers dans le nouveau village, Muichiro se douta qu'il ne devait déjà plus être ici. Et pourtant…

— Ah oui, le jeune Kotetsu. Il est encore ici, effectivement, précisa Kanamori.
— Kotetsu ? Ici ?
— Oui.
Bien que sa réponse fût franche et sans ambiguïté, il eut par contre un peu plus de mal à articuler la suite :
— Mais pour tout vous dire… Le jeune Kotetsu est en ce moment un peu en difficulté.

Par la suite, après avoir été guidé par Kamanori devant la tombe de Tetsuido sur laquelle il posa des fleurs, Muichiro se rendit seul à l'endroit où était censé se trouver Kotetsu.
— Ça doit être ici…
Muichiro observa les environs. Il se trouvait dans le petit bois où il l'avait rencontré pour la première fois.
Assis sous de majestueux arbres formant un auvent naturel, le jeune Kotetsu se tenait devant son automate de combat, Yoriichi modèle zéro. D'après les multiples outils dispersés un peu partout autour de lui, le pilier de la brume comprit qu'il s'attelait actuellement à la maintenance.
La mine sombre, Kotetsu poussa un long soupir en levant la tête. Et lorsqu'il constata la présence de Muichiro debout, à l'orée du bois, il ne cacha pas sa surprise :
— Hein ?! C'est vous, messire Tokito ?! Que se passe-t-il ? Vous n'êtes plus blessé ? Alors que je vous ai vu vous effondrer avec votre bouche qui laissait échapper des bulles ?
— Oui. J'ai dormi durant deux jours entiers.

— Hou là ! non, ce n'est pas en dormant deux jours qu'on guérit de pareilles blessures, normalement. Vous êtes vraiment humain, messire Tokito ?

Kotetsu était fidèle à son enthousiasme habituel.

— Dis, pourquoi tu ne t'es pas déjà rendu dans le nouveau village ? s'enquit nonchalamment le pilier.

Question qui eut pour effet de le démoraliser encore plus. Baissant les épaules, il s'expliqua :

— Je ne pourrai pas m'y rendre tant que je n'aurai pas terminé les réparations de Yoriichi modèle zéro.

— Parce que je l'ai cassé ?

Kotetsu s'empressa d'infirmer ce qui venait d'être dit en secouant la tête.

— Non, pas du tout ! Il est vrai que, quand vous lui avez arraché le bras, j'ai sérieusement souhaité que vous vous ouvriez le bide, vous et votre tête d'algue de minable, mais…

— Mais ?

— En fin de compte, il a malgré ça continué à fonctionner avec ses cinq autres bras. Il a donc pu aider Tanjiro à s'entraîner ensuite. L'objectif affiché de ce dernier étant de faire mieux que toi.

— Pourquoi ?

Muichiro semblant réellement déconcerté, Kotetsu lui éclaircit la situation de l'époque.

Il expliqua que Kotetsu était le seul des deux à avoir souhaité que Tokito soit vaincu, mais aussi que l'exercice entre Tanjiro et l'automate de combat avait débuté avec de simples bâtons d'entraînement en lieu et place des sabres pour les cinq bras de Yoriichi.

Au début, Tanjiro n'arrivait à rien, mais au bout du septième jour, la lame de Tanjiro parvint à suivre les mouvements de Yoriichi.

Cependant, Tanjiro avait eu trop bon cœur pour oser toucher et faire des dégâts à l'automate.

Il était fort probable que cette hésitation était due au fait qu'il ne voulait pas attrister Kotetsu.

Une gentillesse typique de Tanjiro que Muichiro ne connaissait que trop bien.

— Voilà pourquoi j'ai dû lui demander de ne pas hésiter à le frapper. Que je n'avais pas peur qu'il casse. Que je saurais sans problème le réparer ensuite s'il le fallait.

Il n'en fallut pas plus à Tanjiro pour être convaincu, et il ne mit pas longtemps à lui infliger un coup de sabre.

— Vous ne devinerez jamais ce qui est alors sorti des entrailles de Yoriichi ! Une lame polie par Haganezuka en personne !

— Ah, c'était donc ça, ce sabre ?

C'était effectivement avec cette nouvelle lame que Tanjiro était parvenu à couper la tête de la quatrième lune supérieure.

C'était aussi la raison pour laquelle Kotetsu avait cessé de renoncer à son talent, et s'était remis à travailler assidûment. Car Tanjiro avait cru en ses paroles, et avait accepté de le combattre de toutes ses forces.

Mais…

— Si j'ai plus ou moins réussi à retaper la tête et les bras, il ne s'agit là que de la partie visible de l'iceberg. Tout ce qui a trait à la mécanique intérieure, je n'y comprends rien…

— Il ne bouge pas ?

— Si, il bouge de nouveau, effectivement. À peu près, on dira. Mais rien de comparable avec ce qu'on a connu avant. Il n'est plus capable de reproduire les mouvements qu'il exécutait pour les entraînements de combat. C'est à cause de mon incompétence.

Sur ces mots, Kotetsu se retrancha à nouveau dans son mutisme.

Muichiro effleura de la main l'un des bras de l'automate. La sensation du bois dur et froid se répandit en lui. Pour n'avoir pas su le différencier d'un humain de chair et de sang lors de son combat, il pouvait comprendre le sentiment d'abattement ressenti par Kotetsu actuellement.

— Et si tu commençais par l'emmener avec toi dans le nouveau village ? Tu pourrais ainsi prendre ton temps pour le réparer là-bas, proposa-t-il.

Mais Kotetsu secoua sa tête mollement.

— Messire Tecchin m'a dit que si je ne finissais pas de le réparer d'ici la fin du déménagement, c'est-à-dire d'ici deux jours, je devrais me débarrasser de Yoriichi modèle zéro.

Ses poings fermement serrés tremblèrent.

Il n'y avait point de combat possible face aux démons sans sabres du soleil. Le déménagement des forgeurs dans le nouveau village pour en fabriquer était indispensable à la survie des pourfendeurs. Comme il leur fallait travailler vite et en totale discrétion, Tecchin lui avait expliqué que c'était le cœur lourd qu'il lui imposait cette règle.

— Pour éviter la malchance d'être découverts et suivis par un démon lors du déménagement, tout ce que l'on emporte avec nous l'est à l'aide d'une méthode spécifique. Et nous ne pouvons pas emporter tout avec nous de cette manière, il existe une limite…

— En gros, il refuse qu'on emporte là-bas des objets qui lui paraissent inutiles, c'est ça ?

— Voilà…

Kotetsu baissa la tête.

Muichiro l'entendit renifler du nez. Il retira sa main posée sur l'automate.

La personne qu'il avait été il y a peu aurait très certainement acquiescé naturellement à l'écoute des propos du chef des forgeurs, Tecchin Tecchikawahara. Quelque chose d'inutile ne méritait pas que l'on s'en préoccupe.

Et on pouvait en dire tout autant des hommes…

Mais le Muichiro actuel sentait que ces paroles étaient d'une extrême froideur.

Cet automate de combat conçu par l'un des ancêtres de Kotetsu de l'époque Sengoku était un souvenir de sa famille qu'il avait reçu de son père. Il devait ainsi probablement considérer cet automate comme un membre de sa propre famille.

— Dans ce cas, il faut te battre pour le rendre de nouveau utile… dit Muichiro.

Kotetsu le dévisagea l'air confus.

— Mais j'en suis inca…

— Je me souviens très bien des mouvements de l'automate. Bon certes, pas de tous, bien sûr.

Muichiro l'avait interrompu avant même qu'il puisse terminer sa phrase. Il put constater, malgré le masque de son interlocuteur, le regard perplexe qu'il portait sur lui.

— Réparons-le tous les deux.

— Vous êtes sûr que ça va, messire Tokito ? Vous n'avez pas de fièvre ? Vous n'avez jamais été du genre à faire ce type de proposition.

Muichiro ne se préoccupa pas des railleries qu'il entendait, forcément dues à son état perturbé, et ajouta :

— Je m'occuperai de reproduire ses gestes pendant que toi tu essaieras de les retenir ou de les reproduire sur papier.

— Hein ? Euh…

— On n'a que deux jours, alors pressons-nous, veux-tu ?

— Ah, d'accord !

Malgré sa perplexité, Kotetsu se contenta d'acquiescer.

Pendant ce temps, l'automate cassé contemplait tranquillement les deux hurluberlus qui gesticulaient devant lui.

— Le mouvement « deux-droite » est comme ça.
— D'accord.
— Ensuite, on exécute le « un-droite » pour attaquer ainsi.
— Comme ça ?
— Non, comme ça. Plus vite, de manière plus incisive.

Ne pouvant pas retenir par cœur cette multitude de mouvements, Kotetsu s'attela à tout reproduire sur papier assidûment, tandis que Muichiro, débarrassé de sa veste de pourfendeur, reproduisait lentement les techniques de Yoriichi qu'il avait retenues.

S'il avait retiré sa veste, c'était afin que Kotetsu puisse observer en détail les mouvements effectués par ses membres. Car c'était justement pour éviter que les démons puissent anticiper leurs mouvements que les pourfendeurs portaient une veste ample.

Le ciel finit par revêtir une teinte pourpre.

Kotetsu laissant paraître une certaine fatigue, Muichiro décréta une pause, que le forgeur accueillit avec soulagement.

— Je pars chercher de l'eau, annonça-t-il.

Kotetsu se dirigea vers la petite étendue d'eau à proximité. Il s'assit au pied de l'érable contre lequel il s'adossa, puis approcha de sa bouche son petit récipient en bambou qu'il venait de remplir d'eau. Celle-ci était fraîche et très légèrement sucrée.

— Vous êtes vraiment impressionnant, messire Tokito… murmura-t-il alors qu'il était revenu s'asseoir auprès du pilier.

Muichiro le regarda d'un air perplexe en entendant ces louanges soudaines.

— Qu'est-ce qui te prend, tout d'un coup ?

— Ben oui. Vous ne vous êtes battu qu'une fois contre lui, et pourtant vous vous souvenez de ses mouvements comme si c'était hier. Personne n'est capable de ça, normalement.

— Ben justement, je ne me souviens pas de tout.

— Même, cela reste incroyable. Alors que moi, en comparaison…

Kotetsu, qui avait fui le regard de Muichiro, baissa la tête et poussa un long soupir. Un soupir bien trop lourd de sens pour un simple minot de dix ans.

— Vous avez accepté de m'aider, mais je ne suis toujours pas sûr, malgré votre aide, de pouvoir réussir les réparations tout seul. Cela m'angoisse énormément.

— Tu n'as que dix ans, tu as encore tout le temps devant toi pour t'améliorer.

— C'est impossible, je vous dis !

Alors qu'il se morfondait jusqu'ici sur lui-même, Kotetsu se mit soudain à vociférer. Mais son ton baissa de plusieurs crans juste après.

— Non seulement je n'ai aucun talent en tant que forgeur, mais également aucune compétence en automate. Je suis un bon à rien. Je suis incapable de comprendre les sentiments de ceux, comme vous, Tokito, qui naissent avec un talent naturel.

Le jeune homme tenait son récipient en bambou avec des mains tremblantes.

Les yeux de Muichiro quittèrent Kotetsu pour aller se poser sur les branches d'arbres qui s'entremêlaient face à lui.

— À ton âge, je n'avais encore jamais mis la main sur le moindre katana.

— Hein ?

De surprise, Kotetsu leva subitement son visage, et demanda :

— Vous n'êtes donc pas issu d'une longue lignée de pourfendeurs ?

— Mon père était bûcheron.

Le regard posé sur la verdure des branches, il plissa des yeux.

— C'est vers mes dix ans que mes parents sont morts. À partir de là, nous avons dû, moi et mon frère, nous débrouiller seuls pour survivre ; je ne savais même pas encore faire cuire du riz ni tenir un couteau convenablement. Comme je n'étais même pas capable de faire tomber un arbre, mon frère s'énervait tous les jours contre moi. Il me soutenait que le « Mu » de « Muichiro » avait la même signification que le « mu » de « munô[10] » ou celui de « muimi[11] ».

Muichiro était d'une maladresse stupéfiante.

Il expliqua aussi au forgeur à quel point il avait été un enfant gâté.

Il n'était toujours pas capable de se rendre pleinement compte de la gentillesse de son frère qui l'avait protégé tout ce temps.

— Car contrairement à moi, mon grand frère était doué dans tout ce qu'il entreprenait.

Débiter du bois ou faire la cuisine ne lui posait aucun problème. Et il savait parfaitement débiter la viande des bêtes chassées.

Ironiquement, et bien qu'il le réprimandât quasiment tout le temps, cela n'empêchait pas son frère de lui préparer souvent son plat préféré : du radis blanc bouilli au miso.

Un radis devenu incroyablement sucré grâce au délicieux bouillon dans lequel il le faisait cuire.

---

10 NdT : « Munô » : « incompétent ».
11 NdT : « Muimi » : « insensé », « absurde ».

— Votre grand frère a rejoint les rangs des pourfendeurs, lui aussi ? Ne me dites pas que vous êtes tous deux devenus piliers ?

— Mon frère est mort à onze ans. Massacré par un démon.

— Hein…?

— C'est après sa mort que je suis devenu pourfendeur, donc…

— P… pardonnez-moi, messire Tokito !

Malgré son masque, il était facile de deviner que son visage était devenu tout pâle. Se retournant vers le jeune garçon qui se confondait en excuses, Muichiro afficha un regard perplexe.

— Pourquoi tu t'excuses comme ça ?

— Parce que je vous ai forcé à vous rappeler ce douloureux souvenir…

— Grâce à toi et Tanjiro, j'ai réussi à me remémorer l'existence de mon frère.

— Hein ? Grâce à moi et monsieur Tanjiro ? Comment ça ?

Le masque exprima son étonnement.

Concevant qu'il était impossible pour le garçon de comprendre sa situation, Muichiro lui expliqua en quelques mots qu'il avait perdu la mémoire de son passé après avoir frôlé la mort en tuant le démon responsable de la mort de son frère, pour se venger.

— Mais j'ai finalement pu me souvenir de tout. Malgré ta blessure au niveau du plexus solaire, tu as tout fait pour me sauver. Et ce, afin de me sauver la vie, mais aussi et surtout ton village et vos sabres.

« Monsieur Tokito… Ne… ne vous occupez pas de moi… Allez aider… Haganezuka… Protégez… les sabres… »

Une phrase dénuée de toute considération égoïste. De la pure abnégation. Un enfant forgeron n'ayant aucune notion de combat s'était simplement sacrifié pour le bien commun.

— C'est ton sens du sacrifice pour le bien d'autrui et les paroles de Tanjiro qui m'ont permis de me souvenir de ce qui était précieux à mes yeux.
— Messire Tokito…
— Merci.

Il s'était promis de le remercier un jour.

— Cela me soulage énormément d'avoir pu vous remercier, toi et Tetsuido.
— Mais non… C'est à moi de vous dire merci !

Kotetsu se leva et s'inclina devant le pilier.

— Merci… messire Tokito.
— Pourquoi est-ce à toi de me remercier ?
— Ah, te voilà enfin, Kotetsu ! Je te cherchais !

En même temps que sa voix guillerette, la silhouette de Mitsuri Kanroji se pointa en courant. Elle portait avec elle une grande assiette sur laquelle étaient posées de nombreuses boules de riz fourrées.

— Des rations ?
— Dame Kanroji ? Qu'est-ce que vous faites ici ?

Kotetsu ne cacha pas sa surprise. Ni Muichiro, d'ailleurs.

— Je m'en doutais, vous étiez bien ensemble. Tant mieux !

Mitsuri posa l'assiette devant eux en rigolant de bon cœur.

— Je m'inquiétais du sort de tous nos amis du village des forgeurs de sabres, et suis donc venue afin de les aider dans leur déménagement. Car comme vous le savez, je ne manque pas de force ! Je peux porter beaucoup de choses toute seule. Mais j'ai eu la surprise de constater en arrivant que le déménagement était déjà quasiment terminé. Et tandis que je me demandais ce que je pouvais bien faire pour les aider, j'ai fait la rencontre de Kanamori…

Mitsuri se retourna alors pour qu'ils puissent voir le bout du masque de Kanamori sortir de l'ombre des arbres.

Muichiro comprit alors et acquiesça.

— Et donc, je devine bien la suite ?

— Oui. Je lui ai expliqué que le jeune Kotetsu était aujourd'hui très embarrassé parce qu'il ne parvenait pas à réparer l'automate qu'ils se transmettent d'une génération à l'autre dans sa famille, et qu'il était fort probable qu'il soit en ce moment accompagné par messire Tokito.

Le masque de Kanamori opina plusieurs fois de suite avec son masque durant son explication.

— Et comme dame Mitsuri m'a dit qu'elle voulait leur préparer un petit en-cas pour les encourager, je l'ai aidée moi aussi.

Une bouilloire était suspendue à la main droite de Kanamori, ainsi que quatre tasses dans sa main gauche.

— Pour information, c'est du thé vert de très haute qualité que j'ai là.

— Les réserves de riz ayant déjà été quasiment toutes déménagées, je n'ai pu vous préparer que ça. Mais pour compenser, j'ai bien salé le tout et les ai fourrées avec d'excellentes prunes séchées.

— « Que ça », dites-vous ?

— C'est même très peu pour Kanroji, je dirais même.

Muichiro avait répondu à voix basse à l'interrogation compréhensible de Kotetsu à la vue de la montagne de boules de riz qu'ils avaient face à eux.

Une complicité qui ne passa pas inaperçue.

— Hi hi ! Surprise de voir que vous vous entendez aussi bien, tous les deux ! s'étonna Mitsuri en rougissant.

— Ah, mais non, moi et monsieur Tokito, on a toujours été… comment dire…

— Oui, on est amis, expliqua simplement Muichiro, qui constata du coin de l'œil que Kotetsu semblait mal à l'aise de devoir avouer cela.

Kotetsu scruta le visage de Muichiro avec stupéfaction.

— Monsieur Tokito ?

— Oublie ce que j'ai dit auparavant, c'était une erreur.

« Le temps d'un pilier a beaucoup plus de valeur que le vôtre. »

« Les forgeurs de sabres ne peuvent pas se battre, ils ne peuvent pas sauver de vies, parce qu'ils ne sont bons qu'à fabriquer des armes. »

« Tu dois savoir où est ta place avant d'agir n'importe comment ! Tu n'es plus un bébé. »

Une façon d'agir et de parler particulièrement arrogante dont il n'était plus très fier aujourd'hui.

Il ne se souvenait plus la raison pour laquelle Kotetsu avait pleuré à ce moment-là, et pourquoi Tanjiro avait rejeté sa main d'un geste brusque.

Tanjiro lui avait aussi fait remarquer qu'il manquait cruellement de considération, et aujourd'hui il en comprenait la raison.

« Forger des sabres est un travail important et précieux ! Les forgeurs sont des gens qui possèdent une technique incroyable, différente de celle des sabreurs. La vérité, c'est que s'ils ne forgeaient pas de sabres, nous, nous ne pourrions rien faire ! »

« Les pourfendeurs et les forgeurs ont besoin les uns des autres ! »

« Nous menons tous le même combat. »

La réprimande de Tanjiro n'avait alors eu aucun effet sur lui, qui avait continué à penser que son discours était ridicule. Il n'y eut aucun changement dans son cœur.

À cette époque, il n'était encore sensible à aucune émotion, tel un vulgaire automate qui n'aurait été programmé que pour chasser des démons.

— Je souhaiterais d'ailleurs profiter de ce moment pour m'excuser auprès de toi.

Le voyant effectuer une courbette devant lui, Kotetsu sentit ses épaules se mettre à trembloter. Il baissa la tête, donnant l'impression de se retenir de dire ou de faire quelque chose.

— Je dois ma vie à tes lames et à celles de Kanamori. Tandis que Tanjiro doit la sienne à celles de Haganezuka. Guerriers et forgeurs mènent le même combat.

Exactement comme l'a dit Tanjiro.

La parole de Muichiro était limpide et passionnée.

N'arrivant manifestement plus à retenir quoi que ce soit, de premières gouttes transparentes apparurent sous le masque de Kotetsu, au niveau du menton. Il baissa un peu son masque et continua de pleurer en silence.

Ce fut alors au tour de Kanamori de s'y mettre :

— Vous êtes enfin devenu adulte, messire Tokito… dit-il, larmoyant.

Ce forgeur-là, par contre, fit le choix de retirer son masque, dévoilant sans la moindre gêne les traits de son visage long et fin en train de sangloter à flots.

— Je n'ose imaginer le bonheur que ressentirait M. Tetsuido s'il te voyait maintenant.

— Moi aussiii… Je ne compte pas moi non plus le nombre de fois où les lames forgées par M. Tecchin m'ont sauvé la viiie… Ouiiin !

Un bref regard sur le côté permit de constater que le visage de Mitsuri était lui aussi envahi par les larmes. La voir ainsi à deux doigts de frotter sa lame contre sa joue l'interrogea.

— Pourquoi vous pleurez vous aussi, Kanamori et Mitsuri ? s'enquit Muichiro, fronçant des sourcils.

— Messire Tokito…

Kotetsu l'interpella alors qu'il s'essuyait les joues avec le dos de la main, qu'il avait passée sous son masque.

— Vous voulez bien continuer à m'aider après avoir mangé ?

— Bien sûr. Travaillons ensemble.

Lorsque Muichiro opina de la tête, Kotetsu, les joues humides, esquissa un sourire.

— Vous avez tous mes encouragements ! Donnez-vous à fond, pendant ce temps-là je vous aiderai à ma manière en vous préparant plein de bons petits plats ! Courage à vous ! Ouiiiin !

Mitsuri enlaça Kotetsu et Muichiro, tandis que le flot de ses larmes s'intensifiait.

— Sur ce, j'y vais ! annonça Kotetsu solennellement en enfonçant la clef dans la serrure au dos du cou de la marionnette.

L'automate se mit en position de combat et s'élança avec panache.

Muichiro esquiva une à une toutes les attaques effectuées avec les six lames manipulées par Yoriichi à une vitesse extraordinaire.

La marionnette s'arrêta net peu de temps après, mais aucun doute n'était désormais possible : il s'agissait bien là, avec exactitude, des mouvements de l'automate de combat Yoriichi modèle zéro qu'il avait affronté auparavant.

Le soir du dernier jour, ils conclurent qu'ils avaient réussi dans leur mission.

— Haa…

Un soupir, mélange de soulagement et d'admiration, s'échappa de la bouche de Mitsuri.

Kotetsu se plaça devant tout le monde et s'inclina.

— Pour l'instant, il ne parvient à reproduire qu'une seule technique, donc ça reste encore très limité.

— C'est tout de même impressionnant, Kotetsu.

— Oui. Tu as réussi à te sortir d'une situation bien compliquée grâce à tes efforts.

Au côté de Mitsuri qui ne cessait d'applaudir, Kanamori y alla lui aussi de ses applaudissements sincères. Puis il hocha de la tête.

— Il s'est passé exactement ce qu'avait prévu le chef du village.

— Le chef ? M. Tecchin ?

— Oui, jeune Kotetsu. Ce qu'il t'a raconté, qu'on jetterait ton automate si tu n'arrivais pas à le retaper d'ici deux jours, c'était un mensonge.

— Quoiiiii ?!

Kotetsu parut horrifié. « Pas possible ! » sursauta également Mitsuri de son côté.

— Hein ? Quoi ? Mais qu'est-ce qui l'a poussé à proférer un mensonge aussi horrible ?

— Explique-nous, Kanamori.

D'après le ton employé, même Muichiro semblait déconcerté par l'annonce.

— Haa…

Kanamori se gratta l'arrière de la tête, puis, quelque peu ennuyé, ouvrit la bouche pour s'expliquer :

— D'après le chef…

« Kotetsu est un bon garçon. Il a de la détermination, et est intelligent. Il est capable de prendre des décisions réfléchies et possède d'excellentes facultés d'analyse. Sauf que... »

— À cause de ça, tu as tendance à te fixer des limites que tu refuses de dépasser, disait-il.
« Moi, je pars du principe que l'on ne devrait jamais se fixer de limite soi-même. Cela revient un peu à plafonner son talent artificiellement. »

— Ainsi, pour t'encourager à te pousser dans tes retranchements, il t'a fixé une limite de temps fictive.
— Ah oui, effectivement.
Muichiro opina de la tête pour approuver les dires de Kanamori.
— C'est un peu comme quand on cherche un moyen de s'échapper d'une situation désespérée. Il t'a en fait mis dans une situation extrême pour que tu te forces à briser la carapace qui t'enveloppe et t'empêche de grandir. Et c'est moi qu'il a désigné pour observer cette métamorphose.
En tant que chef, Tecchin se préoccupait plus que tout autre du bien-être de Kotetsu.
— Je ne savais pas que M. Tecchin se souciait comme ça de moi...
Kotetsu se rendit enfin compte des sentiments du chef.
— Personnellement, j'étais persuadé que tu abandonnerais en cours de route. Je suis désolé. Je t'ai sous-estimé.
— Vous n'avez pas à être désolé, car je n'aurais finalement rien pu faire seul. En pratique, je n'ai fait que pleurer sur mon sort dès le départ... Sans le soutien de messire Tokito, j'aurais forcément abandonné.

Devant les plates excuses de Kanamori, Kotetsu s'était senti obligé de rétablir la vérité, avant de se tourner vers Muichiro :

— Je vous promets de réparer entièrement modèle zéro. J'espère de tout cœur qu'alors vous viendrez à nouveau vous entraîner avec lui, l'invita-t-il en s'inclinant respectueusement.

Il ajouta ensuite, légèrement plus embarrassé :

— Mais je tâcherai d'ajouter quelques améliorations pour qu'il puisse titiller vos faiblesses.

Muichiro, qui se remémora alors le récit de l'entraînement de Tanjiro avec l'automate, répondit :

— Ah oui, avant, comme tu ne m'appréciais pas, tu refusais de me laisser m'entraîner avec lui, c'est vrai.

— Aaah ! Je suis vraiment désolé pour mon attitude…

Bien que Muichiro n'ait pas, volontairement, fait allusion à ces faits, Kotetsu se fit tout de même tout petit.

— J'en profite pour m'excuser de vous avoir traité de tête d'algue, de minus, de mocheté courte sur pattes et autres joyeusetés proférées à votre égard. Je ne pense plus aujourd'hui un traître mot de tout ça.

— C'est à moi que tu as dit tout ça ?

— Ouaaah ! Pardon !!

— Ça va, je m'en moque.

Des propos qui rassurèrent Kotetsu énormément. Il prit ensuite ses mains entre les siennes.

— C'est promis, vous viendrez vous entraîner ?

— Oui, acquiesça Muichiro.

La peau du jeune homme était rêche et dure, mais aussi robuste et percluse d'anciennes cicatrices. Ainsi étaient les mains des hommes qui se battaient pour la sécurité de tous.

Exactement comme les siennes.

— Dès que tu auras terminé, contacte-moi.

— D'accord.

— J'inviterai alors Tanjiro, Nezuko, Genya et bien d'autres à se joindre à moi, et nous en profiterons pour déguster un bon repas avec Kanamori, Tecchin et tous les amis du village, ajouta Mitsuri.

Cette proposition résumait bien la personnalité de la jeune fille. Aussi désespérante et mal engagée que fût une bataille, sa gaieté naturelle avait toujours eu le pouvoir de redonner le moral aux combattants présents à ses côtés.

— Ça serait une bonne idée d'inviter aussi les camarades de promotion de Tanjiro, tu ne penses pas ? Je suis sûre qu'on s'amusera beaucoup.

— Tu as raison, répondit Muichiro en souriant spontanément.

Un sourire venu naturellement lorsqu'il s'était imaginé la scène décrite par son collègue pilier.

Une promesse qu'il n'était pas sûr de pouvoir tenir, car elle n'était liée à aucune certitude.

Un vœu fragile formulé au beau milieu d'une terrible bataille menée actuellement face aux démons et dont l'issue était incertaine.

Mais une petite lueur d'espoir qui, malgré tout, eut pour effet d'apporter un peu de gaieté dans le cœur de Tokito.

— Je vous attendrai, messire Tokito…

Et le jeune garçon agita la main jusqu'à ce que les silhouettes de Muichiro et de Mitsuri disparaissent au loin…

— Tokito ?
— …
— Ça va ?

Inquiet du mutisme soudain de Muichiro, qui était resté longtemps à observer le ciel, Himejima l'interpella. De retour de son voyage dans ses souvenirs du village des forgeurs de sabres, il fixa le pilier du rocher qui se tenait assis devant lui.
— Oui.
Une réponse non seulement relative à cette question, mais également à la précédente. Il scruta fixement les yeux dénués de lumière de Himejima.
— Je ne suis plus le Muichiro vide que vous avez connu.

Il avait des amis, des camarades auprès de qui se battre.
Il avait un Seigneur pour qui il était prêt à se sacrifier afin de le protéger.
Son grand frère ne l'avait en fait jamais traité avec froideur, puisque, jusque sur son lit de mort, il s'était fait du souci pour lui. Il lui avait lui-même expliqué que le « Mu » de son prénom était le « mu » de « mugen », « l'infini ».

Non, je me trompe…

Il comprit que, tout ce temps, ce n'était pas le vide qui avait envahi sa tête.

Il n'avait tout simplement jamais eu la souplesse d'esprit suffisante pour s'apercevoir de tout ça.

« Battons-nous ensemble, en tant que piliers ! »

À ces paroles du pilier de la flamme, accompagnées d'une agréable petite tape dans le dos, étaient venues s'ajouter celles de son ancien forgeur de sabres :

« Est-ce que quelqu'un le comprendra ? Chaque fois que je vois le sabre avec lequel tu te bats, j'en ai les larmes aux yeux. »

Muichiro aurait tout simplement aimé pouvoir se souvenir plus tôt de ces mots bienfaisants.

— Merci, Himejima, se contenta-t-il de dire prosaïquement.

Au fond de lui, il s'inclina respectueusement devant tous ceux qui, comme Rengoku ou Tetsuido, s'étaient souciés de son bien-être jusqu'ici.

— Je suis désolé pour tous les grossiers soucis que je vous ai causés à tous. Oubliez tout cela.

Venait-il de ressentir une pointe d'admiration devant les propos tenus par Muichiro ? Toujours est-il que Himejima esquissa un petit sourire plein de douceur.

En se levant, Muichiro dit :

— Sur ce, à la prochaine assemblée des piliers.

— Oui, porte-toi bien.

Le pilier de la brume s'inclina légèrement et s'éloigna de l'abri. Plissant les yeux pour les protéger

de la brise qui venait de se lever, Muichiro leva la tête pour observer le ciel.

Les nuages se déplaçaient vite.

Entre les nuages blancs, il était possible d'entrapercevoir le bleu du ciel d'une grande pureté.

Observe-moi bien, mon frère.

Ce grand frère qui avait quitté ce monde à l'âge de seulement onze ans. Derrière son regard froid et cynique se cachait en fait une grande gentillesse. Quoi qu'il ait pu dire et montrer, il y avait en lui une forte volonté de protéger la vie de son petit frère.

Sa vie fut courte, mais vécue à fond et du mieux qu'il put.

Lui-même ne savait pas aujourd'hui de quoi serait fait son lendemain. Il pouvait tout aussi bien perdre la sienne dans un combat face à un démon. Et quand bien même survivrait-il in extremis, sa vie s'arrêterait quoi qu'il arrive d'ici ses vingt-cinq ans.

Et aussi étrange que cela puisse paraître, cette idée ne l'effraya pas le moins du monde.

Il était prêt à tout pour vivre une vie dont son frère aurait pu être fier.

Ainsi, le jour où il irait le rejoindre, il le féliciterait en rigolant : « Bien joué, Muichiro. »

Le jeune homme exhiba alors un sourire aussi radieux que le soleil.

— Bon, épargnons-nous les pénibles et inutiles salutations d'usage, et trinquons directement à la santé du professeur Kanae !

Répondant à l'appel de Tengen Uzui, les verres se levèrent un peu partout autour de la table.

Ils s'étaient donné rendez-vous ce soir dans ce bistrot populaire situé à une dizaine de minutes à pied de leur lieu de travail, l'école des pourrefandheurs. Bien qu'étant en pleine semaine, un jeudi, on pouvait apercevoir tout autour des tablées entières de clients ivres.

— Je m'appelle Kanae Kocho et serai désormais affectée, en tant que professeur de biologie, au sein de cet établissement que j'ai autrefois fréquenté en tant qu'élève. Je manque encore d'expérience, mais j'espère apprendre beaucoup sous votre direction.

Kanae inclina doucement la tête. Cette délicieuse silhouette en laissa plus d'un pantois d'admiration autour de la table.

Même si ses ravissantes petites sœurs étaient elles aussi la cible du regard de tous les garçons de la cité scolaire, Kanae avait, elle, carrément atteint le statut de légende par sa beauté, capable autant de capter le regard des garçons que celui des filles du temps où elle avait été scolarisée là-bas.

Ça s'annonce difficile pour tous les garçons, les premiers temps…

En buvant sa chope de bière, Uzui en avait profité pour observer la tablée autour de lui. Non seulement les hommes, mais aussi les femmes observaient ses moindres gestes en détail, tant ils étaient tous émerveillés.

La pagaille avait en réalité déjà commencé depuis quelques jours. Rien que sa présentation, le premier jour de son arrivée peu auparavant, donna un avant-goût de ce qui suivrait. Il y eut notamment ce membre du comité de discipline dont l'excitation fut telle que tout le monde dut se boucher les oreilles pour s'épargner les horribles sons aigus qu'il vociféra, et qui se mit à rouer tout le monde de coups, avant que deux de ses amis se décident à l'éloigner.

Comparé à ça…

Uzui jeta un nouveau coup d'œil discret aux différents professeurs assis autour de lui.

Il y avait tout d'abord le professeur d'Histoire, Kyojuro Rengoku, qui avait pour le moment limité sa consommation en alcool, et se réservait plutôt pour pouvoir s'empiffrer le plus possible de riz mélangé à de la patate douce en s'écriant : « Waouh, waouh ! » ; il y avait également le professeur de mathématiques,

Sanemi Shinazugawa, qui enchaînait les bières comme des verres d'eau tout en sermonnant son petit frère à travers son smartphone à propos de ses mauvaises notes en maths. Uzui eut une pensée pleine de compassion pour le jeune garçon qui se trouvait à l'autre bout du fil, probablement agenouillé et tremblant de tout son corps.

Puisque Kanae avait déjà décidé de devenir professeur lorsqu'elle était élève de cette école, Gyomei Himejima, professeur principal de la classe de première des takenoko, l'avait déjà prise sous son aile depuis cette époque, et la contemplait aujourd'hui d'un doux regard protecteur.

Le professeur de sport et conseiller du comité de discipline problématique en question, Giyu Tomioka, mangeait ses amuse-gueules de manière quelque peu agitée, tout en sirotant parfois son verre de saké. S'il restait totalement mutique, cela ne signifiait pas pour autant qu'il était mal luné, mais simplement qu'il était incapable de discuter en mangeant.

Si c'était eux qui avaient été invités à s'installer à la table de Kanae pour cette soirée d'accueil, c'était simplement parce que, bien que loin d'être des anges, ils étaient tous suffisamment excentriques pour ne pas causer trop de problèmes.

Parmi tous ces hurluberlus, le seul à avoir le profil du causeur était Uzui.

Par opposition, Kanae était, elle, une auditrice de première qualité, sachant parfaitement, et avec sincérité, apprécier à leur juste valeur toutes les histoires qu'on lui racontait, tout en ayant également du répondant.

Cependant, lorsqu'Uzui en vint à lancer le sujet à la mode parmi ses élèves, une histoire de fantômes, son sourire disparut tout d'un coup.

— Vous voulez parler de cette histoire de fantôme jaillissant d'un pot de la classe de biologie, et du vieillard rampant dans les couloirs de l'école…?

Elle posa une main sur son menton divinement sculpté, et prit momentanément une position de penseur.

— Oh? Ces histoires de fantômes te font peur, peut-être? s'enquit Uzui sur le ton de la blague.

Mais Kanae secoua sa tête en souriant, et dit:

— Au contraire, j'aurais plutôt tendance à les apprécier.

Elle retrouva ensuite son sérieux et ajouta:

— Cependant, si nos élèves sont victimes de ces histoires, nous nous devons de réagir, en tant que professeurs.

— Je suis d'accord avec toi à cent pour cent! Professeur Kanae, tu as totalement raison!

Les yeux jusque-là fixés sur son assiette, Rengoku les avait instantanément levés et ouverts en grand. Ce professeur passionné et très apprécié de ses élèves avouait constamment son amour pour eux.

— Si quelque chose embarrasse nos élèves, vous pouvez être sûr que je ne me tairai pas!

— Au contraire, si tu pouvais te taire et continuer de bouffer tes patates douces, ça nous arrangerait bien.

— Je propose de vite, dès demain soir par exemple, organiser une patrouille dans les couloirs de l'école! Ça te dit, Uzui?

— Pourquoi tu me proposes ça à moi ? Parce que tu crois que je vais y aller ? Et puis quoi encore…?!

— C'est à nous autres, professeurs, de garantir la sécurité de l'établissement !

Uzui fut découragé de constater cette volonté soudaine manifestée par son ami. C'était dans ces moments-là que Rengoku était particulièrement pénible. Alors qu'il cherchait une excuse pour le démotiver, Kanae se proposa à son tour.

— Si cela ne vous dérange pas, je tiens à être des vôtres.

— Quoi ? Mais attends, je n'y vais pas, moi.

— Je vous en prie. Je vous promets de me rendre très utile.

— Je t'ai dit que je n'y participerai pas !

— Allons, Uzui, la protection des élèves, c'est une affaire qui nous concerne tous !

Uzui eut alors une furieuse envie de se prendre la tête entre les mains. C'était à croire qu'ils ne comprenaient pas sa langue. Le côté « je n'en fais qu'à ma tête » de Rengoku n'avait, en soi, rien de nouveau, mais il était étonné de constater que Kanae l'était tout autant.

Ces quatre yeux posés sur lui l'angoissèrent.

Bah, il suffit d'aller y faire rapidement le tour et de renvoyer tout le monde chez soi.

Ils n'y feraient de toute façon aucune rencontre particulière, songea-t-il. Après une petite heure de patrouille, ils en auraient eux aussi vite assez.

— C'est bon, j'ai compris. Rendez-vous demain, vers onze heures du soir, devant le portail de l'établissement.

— Oh !

— Merci beaucoup !

Rengoku et Kanae affichèrent tous deux un sourire resplendissant. Uzui, lui, se contenta d'un rire superficiel, puis posa son regard sur celui de Himejima qui était assis face à lui. Il ne comptait pas être le seul à devoir subir ça.

— Bien sûr, tu te joindras toi aussi à nous, n'est-ce pas ?
— À votre patrouille nocturne ?

Colosse à la musculature impressionnante, mais aussi très sensible, Himejima leva le visage de son verre de saké chaud et versa une larme.

— J'aurais évidemment adoré pouvoir y participer avec vous, mais je serai malheureusement en déplacement demain. Et je n'ai aucune idée de l'heure à laquelle je rentrerai. Je dois donc passer mon tour, désolé.
— Mince alors, mauvais timing… Et toi, Shinazugawa ?

Il déplaça son champ de vision vers la droite de Himejima. Son collègue venait juste de terminer sa conversation avec son petit frère. Levant les yeux de son téléphone, il le toisa d'un air déprimé à travers ses longues mèches de cheveux.

— Quoi ? Qu'est-ce qu'il y a ?

Même en cours, il gardait son col grand ouvert. Jamais l'ombre d'une cravate sur lui. Tout élève qui s'approchait de lui dans un couloir se mettait à sangloter en le voyant tant son regard méchant effrayait. Sa rude façon de s'exprimer ne l'aidait d'ailleurs pas à s'extirper de cette image patibulaire. Il était cependant très gentil avec les femmes, les enfants et les personnes âgées, et mis à part quand il devait passer du temps pour le travail avec Tomioka, avec qui il ne s'entendait guère, ou quand on se moquait de la matière qu'il aimait tant, les mathématiques, c'était en général un individu plein de bon sens avec qui on prenait du plaisir à discuter.

En revanche, il refusait catégoriquement de fermer sa chemise. Quoi qu'il advienne. Même lors d'une célébration familiale importante.

— Tu as entendu ce qu'on disait malgré ton coup de fil, je suppose ? Demain, il y a patrouille nocturne au bahut.

— Désolé, mais ça sera sans moi.

— Pourquoi ? Une femme ?

— Une femme ? Ne me confonds pas avec toi, s'te plaît, cracha Shinazugawa comme si le mot lui répugnait.

Puis il continua, laconiquement.

— C'est parce que les vendredis soir, ma mère termine souvent tard à cause de ses heures sup'.

Qu'est-ce que cela pouvait bien signifier ? Qu'il devait aller la chercher jusqu'à son lieu de travail ? Ou qu'il devait rentrer tôt de son travail pour aller s'occuper de ses petits frères et sœurs encore jeunes ?

Uzui avait entendu dire que le patriarche des Shinazugawa était mort alors que ses enfants étaient encore jeunes, obligeant sa femme à s'occuper seule de ses sept minots. Se sentant ainsi redevable, Sanemi prenait toujours grand soin de sa mère, et il aidait comme il pouvait sa famille.

— T'es vraiment le grand frère parfait, toi.

— La ferme.

N'appréciant pas la taquinerie d'Uzui, Shinazugawa l'envoya paître et détourna le regard. Tout le monde à table le regardait avec bienveillance.

— Dans ce cas, Tomioka…

Uzui se tourna alors sur sa droite.

— Qu'est-ce que t'en penses ?

Tomioka, qui s'était tu jusqu'ici, prit le temps de bien mâcher ce qui restait dans sa bouche avant de l'ouvrir :

— Je…

— Parfait. Puisque t'as rien d'autre à faire, tu es des nôtres.

Excédé de constater que, probablement à cause de l'alcool, son collègue ne parvenait pas à sortir une phrase intelligible à une vitesse convenable, il mit fin d'office à la discussion. C'est alors que plusieurs assiettes remplies à ras bord d'ailes de poulet, de poulpes frits ou de saumons au radis blanc furent apportées à table. La vision de l'arrivée de ces plats, que Tomioka adorait plus que tout, fit briller ses yeux de cette lueur typique qui indique le bonheur.

— Allez, les gars, buvons.

Sur ces mots, il remplit son verre de saké, vérifia d'un regard l'acquiescement de ses collègues et porta, accompagné du reste de la tablée, la coupe à ses lèvres.

La fête d'accueil se poursuivit jusqu'au changement de jour, ce qui eut pour conséquence une épidémie de gueules de bois parmi les enseignants de la cité scolaire, le lendemain.

Puis arriva l'heure du rendez-vous, à vingt-trois heures.

— Qu'est-ce que ça caille ! Il fait encore frisquet la nuit, en cette saison.

La brise nocturne bien fraîche le força à se recroqueviller sur lui-même. De façon inattendue, il était arrivé sur place en avance. Il était seul. Le froid n'aidait déjà pas beaucoup à se motiver, mais les relents d'alcool d'hier le convainquirent définitivement qu'il n'avait pas fait le bon choix en acceptant de venir. Il avait très sommeil.

Mâchant obstinément un chewing-gum en espérant que ce geste pourrait l'aider à se réveiller, il manipulait son smartphone, quand il entendit :

— Désolé pour le retard.

— T'es à la bourre, Tomio…

Uzui se retourna et vit accourir Giyu Tomioka vers lui, le saluant d'un geste du bras. La vision de son sourire étincelant lui fit oublier la bulle qu'il était en train de faire avec son chewing-gum, et qui lui éclata au visage.

Quand Tomioka parvint enfin jusqu'à lui, il regarda tout autour de lui et poussa un soupir de soulagement.

— Les autres ne sont pas encore arrivés, apparemment. En tout cas, pour un mois de juin, il fait bien frisquet, ce soir. Je suis content de ne pas avoir fait attendre Kanae dans ce froid.

— …

— Et toi, Uzui, tu n'as pas froid ? Tu veux que je te prête ma veste de survêtement ?

— Mais t'es qui, toi !! s'écria soudain Uzui, qui semblait avoir enfin retrouvé ses esprits.

Tomioka cligna des yeux de stupéfaction.

— Comment ça, qui je suis ? Giyu Tomioka, évidemment.

— Toi, Giyu Tomioka ? Et puis quoi encore ? Le Tomioka que je connais n'a jamais été un type aussi tonique que celui qui se tient devant moi. Il est mutique, asocial et a constamment ce regard noir de poisson mort chez qui il est impossible de deviner pensées et émotions.

— Dis donc, tu ne m'épargnes pas, mon petit Uzui. C'est comme ça que tu m'as toujours vu ?

— Déjà c'est quoi, ce « mon petit Uzui » ? Tu ne m'avais jamais appelé ainsi de ta vie, jusqu'ici !

Uzui commença à sentir un frisson le parcourir. Il trouva son collègue si répugnant qu'il en eut la chair de poule.

Mais qu'est-ce qui lui est arrivé ?

En y repensant, il se remémora cet étrange champignon mélangé à son assiette de saumon au radis blanc qu'avait mangé Tomioka la veille au soir. Le serveur du restaurant s'était alors platement excusé, expliquant qu'il était venu se mélanger à ce plat par hasard. Il se demanda, inquiet, si cette métamorphose n'était pas due à cet ingrédient.

— Pardon pour le retard !

— Ah, c'est toi, Rengoku. Tu tombes bien, je…

En se tournant dans la direction de la voix, Uzui découvrit ébahi l'énorme sac à dos d'escalade que son collègue portait sur lui.

— C'est pas vrai… T'écoutais pas la conversation quand on a précisé le nom du lieu ? Il va te servir à quoi, ce sac à dos ?!

— C'est à cause de Senjuro, il se faisait beaucoup de souci pour moi. Il a rassemblé tout le sel qu'on avait dans nos placards et m'a forcé à l'emporter avec moi[12].

— T'es en train de me dire qu'il est rempli de sel, là ?! Mais vous en achetez combien de tonnes chaque fois que vous faites vos courses ?!

— J'ai du gros sel, du sel de table, mais aussi du sel gemme, figure-toi ! Et même des senbeïs salés !

— Qu'est-ce que tu comptes faire avec ces senbeïs salés ? Les bouffer ? Eh, mais attends ! Il est énorme, ce sel gemme ! Il doit bien avoir la taille d'un nourrisson !

— Ah ouais, dis donc ! Tu achètes où un sel gemme pareil ?

Sortant enfin de sa léthargie, Tomioka fraya soudain un chemin pour sa tête sous le bras d'Uzui et plissa les yeux en souriant lorsqu'il vit le sel en question.

— Il n'empêche, je t'envie d'avoir un petit frère qui se fait tant de souci pour toi. Moi, je n'ai personne d'autre que ma grande sœur.

Le ton revigorant employé par Tomioka rappela à Uzui le problème exposé un peu plus tôt. Il prit les épaules de Rengoku et dit :

— On a un problème, Rengoku. Tomioka est bizarre.

— Tomioka ?

Rengoku ouvrit grand les yeux, perplexe.

— Encore cette histoire ? répliqua Tomioka qui haussa les épaules pour souligner son désappointement.

Glissant son regard d'Uzui vers Rengoku, il ajouta :

— Depuis tout à l'heure il est comme ça, lui. Franchement, dis-lui quelque chose, Rengoku !

---

12 NdT: le sel est en effet réputé au Japon pour posséder la faculté de faire fuir les mauvais esprits.

Rien qu'en parlant ainsi, cela devrait suffire pour qu'il constate le niveau de bizarrerie qu'il a atteint! Depuis quand il parle des autres comme ça, d'abord?

Irrité, Uzui regarda Rengoku, l'air de dire: « Tu vois où je veux en venir, maintenant? »

Mais au lieu d'exprimer un franc « effectivement, il y a quelque chose qui cloche », son collègue s'étonna à son tour:

— Qu'est-ce qu'il a de bizarre?

— Quoi? Comment ça, qu'est-ce qu'il a de bizarre?

Sa réaction fut tellement opposée à celle attendue qu'Uzui en perdit la parole. Il avait beau vérifier, aucun doute ne put se lire dans ses yeux.

— C'est bien Tomioka que tu trouves bizarre, non? Eh bien, je te demande en quoi il l'est.

— …

Était-il vraiment possible que Tomioka puisse paraître normal aux yeux de Rengoku? Ce pauvre prof de sport devenu un vulgaire beau gosse plein de fraîcheur et de tonicité?

Qu'est-ce qu'il y a de bizarre en lui? Mais à peu près tout!

C'est dans cette situation qu'il regretta amèrement l'absence de Sanemi Shinazugawa à ses côtés. Ce n'était pas un simplet comme Rengoku, mais plutôt un dur comme Sanemi qu'il aurait fallu pour obtenir la réaction souhaitée.

Toujours en pleine réflexion à ce sujet, Uzui interrompit soudain son analyse.

Était-il dans le vrai?

Mais au fait, il était comment avant, Tomioka?

La non-réaction de Rengoku provoqua en Uzui le phénomène dit de décomposition de Gelstalt.

Tomioka. Giyu Tomioka. L'habituel Tomioka…
Plus le temps passa, plus il perdit confiance en lui et en ses certitudes. À force de ne plus voir que le visage de son collègue dans sa tête, quelque chose en lui finit par se rompre.
Oh et puis mince, qu'est-ce que j'en ai à faire…?
Finalement, qu'est-ce qui le poussait à devoir se focaliser uniquement sur Tomioka comme ça ?
Tout ça ne devait être qu'une fausse impression.
Alors que tout commençait à lui paraître soudain très futile, Kanae les rejoignit enfin et ils purent démarrer leur patrouille.
Ils franchirent ensemble le portail de l'école et pénétrèrent dans le bâtiment principal.
L'intérieur de l'établissement de nuit s'avéra être aussi lugubre qu'ils l'imaginaient. Ils eurent l'impression d'entrer dans un bâtiment inconnu…

— Pfiou. C'est glauque.
— Ce n'est peut-être pas sérieux de ma part, mais ça me donne l'impression de jouer à une épreuve de courage et ça m'excite beaucoup.
— Fais attention où tu marches, Kanae.
— Ah oui, merci beaucoup.
Rengoku et sa lampe-torche, et Uzui avec la fonction torche de son téléphone, prirent les devants pour

éclairer les couloirs sombres, suivis de près par Kanae et Tomioka.

— Commençons déjà par aller vérifier le pot de la salle de biologie.

Ils n'avaient aucune idée de l'endroit où, dans les couloirs, pouvait bien apparaître le vieillard rampant. La logique voulait donc qu'ils commencent leurs investigations par la seule indication de localisation dont ils disposaient.

— Ah oui ! C'était une histoire de vieillard rampant surgissant d'un pot dans la salle de biologie, c'est ça ?

— Tu ne serais pas en train de mélanger deux histoires différentes, toi ?

Ce mélange avait d'ailleurs pour effet de rendre cette histoire encore plus grotesque qu'elle ne l'était déjà. Ils décidèrent donc, en marchant, de faire un nouveau point sur les informations possédées.

— Tout d'abord le fantôme du pot…

— Il possède trois bouches, un œil et une multitude de bras.

— Tout humain repéré par le fantôme devient la cible de sa vantardise.

— Si tu ignores ses récits vantards incompréhensibles, il court vers toi pour te chatouiller avec ses mains.

— C'est un célibataire, à coup sûr (d'après le témoignage d'un jeune passionné d'automates de l'école).

— À bien y regarder, il n'y a pas une bonne symétrie entre les parties gauche et droite de son corps. Lorsqu'on le lui signale, il s'énerve et t'invective avec les injures les plus abjectes possible.

— Il lui arrive parfois de rire de manière vulgaire, avec cet air typique des artistes vaniteux.

— Hum, et maintenant, au sujet du fantôme rampant dans les couloirs…

— Il rampe à travers les couloirs de l'école en sanglotant.

— Il répète des complaintes à longueur de temps.

— Il ressemble à première vue à un simple vieillard vêtu d'un kimono, mais posséderait en réalité deux cornes et des crocs, et n'a donc rien d'un humain.

— Il assaille systématiquement les personnes plus petites que lui pour leur dérober ce qu'elles ont.

— Il a désormais une grosse bosse sur la tête depuis le jour où il s'est attaqué au petit Tokito au collège, qui s'est aussitôt défendu en lui infligeant un coup de talon sur la tête.

— Plus j'en entends parler, plus je me dis que tout ça est inutile, expliqua Uzui en soupirant. Un fantôme vantard et chatouilleur, un autre voleur… Tout cela semble être l'œuvre d'êtres humains. Leur aspect répugnant mis de côté, tous deux n'ont pour défaut que d'avoir des comportements de têtes à claques, et l'un d'eux est d'ailleurs tellement faible qu'il n'a même pas réussi à gagner son combat contre un simple collégien. Franchement, il ne faut pas s'attendre à rencontrer quoi que ce soit d'exceptionnel.

Déjà que sa motivation n'était pas très élevée avant de venir, elle venait à l'instant même d'atteindre les abysses.

Mais ce n'était pas le cas de tout le monde.

— Tout cela est inacceptable ! s'énerva Rengoku,

qui, pour une fois, paraissait sérieux. Leurs actes sont méprisables !

— Certes, c'est pas joli-joli, on est d'accord, mais bon…

— Tout acte malveillant à l'encontre d'un de nos élèves doit être puni ! Moi, Kyojuro Rengoku, je jure de les punir pour ça ! s'écria notre enthousiaste professeur d'histoire.

C'est alors que, comme venant en réaction à cette déclaration, un bruit strident leur parvint des profondeurs du couloir obscur.

— Crii… crii… criiii…

Cela ressemblait fort au bruit de frottement d'un objet sur le sol. Venait parfois s'ajouter à cela le son d'un sanglot.

Une voix rauque se fit alors entendre : « Pourquoi… ? »

— Pourquoi tout le monde s'amuse à me persécuter ainsi… ? Je n'ai rien fait de mal… Pourquoi… ?

Cette voix pleine de rancœur continua de gémir :

— Je n'ai rien fait de mal… Je n'ai rien fait de mal… C'est ma main, la fautive… Alors pourquoi tout le monde s'acharne-t-il sur moi ainsi ? Ah… Je les déteste… déteste… Ce monde n'est composé que de scélérats immoraux s'amusant à enquiquiner les faibles…

Et lorsqu'Uzui qui avait immédiatement interrompu sa marche, porta la lumière de son smartphone en direction de la voix…

— Hiiiiii !

Ils aperçurent tous ensemble la silhouette d'un vieil homme à la peau craquelée et doté de deux cornes en train de trembler de manière disproportionnée. Au premier abord, il est vrai qu'il était difficile de ne pas reconnaître l'allure d'un être humain sous cette défroque de kimono d'un autre âge, mais les détails forçaient la conviction qu'il s'agissait bien là d'un monstre. Au beau milieu de son front, il était impossible de ne pas remarquer la fameuse et monumentale bosse infligée par le collégien.

J'hallucine, c'était pas du baratin !!

Alors qu'il s'attendait à une stupide rumeur inventée de toutes pièces par les élèves, il dut admettre son erreur…

Il ne savait pas quelle décision prendre dans l'immédiat. Si l'énergumène s'était avéré être un simple humain, la question ne se serait pas posée puisqu'il serait allé lui mettre son poing dans la figure sur-le-champ. Mais face à un fantôme, une gifle ne réglerait guère le problème.

— Rengoku. Commence par balancer du sel au sol, ça serait déjà un bon début.

Mais en jetant un œil sur le côté, il constata l'absence de son collègue.

— Quoi ?! Mais où est-il donc parti, l'autre imbécile ? Hein ?!

Les yeux grands ouverts de stupéfaction, Uzui découvrit que Rengoku avait continué son chemin, sans prêter attention au fait que ses collègues s'étaient, eux, arrêtés, et il passait actuellement juste à côté du fantôme.

Mais qu'est-ce qu'il fout ? Ne me dites pas qu'il fait semblant de ne pas l'avoir vu parce qu'il a peur ? Non, impossible, pas lui.

Uzui et Rengoku se connaissaient depuis l'université, et il n'avait jusqu'ici jamais vu Rengoku être effrayé par quoi que ce soit. D'autant qu'il venait juste d'exprimer sa volonté de se débarrasser des fantômes.

Mais alors c'est quoi ? Une stratégie ? S'il était stratège, ça se saurait.

Derrière lui, il sentit Kanae esquisser un léger mouvement. C'est ce qui lui permit de se remémorer sa présence.

— Ça va, professeur Kanae ?

Uzui s'inquiétait pour sa nouvelle collègue. Une vision aussi affreuse devait forcément l'effrayer.

— Si tu as peur, ferme les yeux et accroche-toi à m…

Si Uzui avait cessé de parler, c'est parce qu'il avait tout de suite remarqué que la vision de l'apparition ne lui faisait ni chaud ni froid.

La jolie jeune femme passa à côté de lui et ne cacha pas sa détermination à se débarrasser du vieillard, commençant par entonner à haute voix un chant guerrier. Celui-ci terminé, elle sortit de la poche de son manteau une sorte de talisman en papier et le colla sur le front du spectre.

Au moment où l'objet arriva au contact de la bosse, le corps du fantôme se mit à brûler.

— Gyaaaaaaaah !!

Le hurlement retentit dans le couloir.

La chair du monstre fondit à vue d'œil, jusqu'à ce qu'il n'en reste plus que de simples cendres.

Un pénible silence vint s'installer autour d'eux.

— Que… ?

Kanae gloussa en voyant le visage abasourdi d'Uzui.

— C'est bon, plus de danger.
— Hii !

La voix stridente qui résonnait alors n'était pas celle d'Uzui, mais celle de Tomioka. Il s'écarta rapidement de Kanae.

— Bien, allons-y.

Alors que Kanae s'apprêtait à repartir et encourageait ses collègues à faire comme elle, Uzui l'interpella.

— Dis donc, c'était quoi, ça, à l'instant ?
— Plaît-il ?

Elle tourna son magnifique visage angélique dans sa direction. Le ton de sa voix résonnait avec la même gentillesse habituelle, mais c'était justement ce comportement trop ordinaire qui sembla dire à Uzui qu'il valait mieux ne pas en demander plus. Il préféra donc ravaler ses paroles.

Il était inutile de parler à une femme quand elle vous regardait ainsi. Uzui avait trop d'expérience pour ne pas savoir ça.

— Ben alors, qu'est-ce que vous faites ?! On doit vite rejoindre la salle de biologie !

Rengoku, qui avait déjà pris un peu d'avance et s'était enfin aperçu que ses amis ne le suivaient pas, s'était retourné et remuait énergiquement sa main.

Lui aussi paraissait fidèle à lui-même. Une « normalité » qui, pour le coup, n'était pas normale. Le phénomène paranormal dont ils venaient tous d'être témoins ne semblait pas l'avoir dérangé outre mesure.

Uzui se douta que quelque chose n'allait pas, mais il ne s'y attarda pas pour le moment et suivit ses confrères pleins d'enthousiasme.

Derrière lui, il entendit Tomioka en train de le suivre au petit trot pour ne pas se laisser distancer. Apparemment effrayé par Kanae, il se retournait régulièrement dans sa direction pour vérifier qu'il conservait bien une certaine distance avec elle. Il était à deux doigts de s'accrocher au bras d'Uzui pour se rassurer.

Hé ho, il exagère un peu trop à mon goût, lui...

Son comportement lui parut d'ailleurs tout aussi étrange. Il n'avait pas souvenir d'un homme aussi couard.

Pour autant, il devait avouer qu'au sujet de Tomioka, il ne connaissait quasiment rien. Il cessa donc de trop réfléchir sur son cas. Surtout parce qu'il ne s'agissait pas là de sa préoccupation première sur le moment. En effet, d'étranges frissons parcouraient entièrement son corps depuis peu. Sans parler de cet état léthargique dans lequel il se sentait tomber.

Motivé pour en finir au plus vite avec cette histoire, et pouvoir aller dévorer un bon ramen[13] ensuite, Uzui pressa le pas.

Arrivé devant la porte de la salle de biologie, Uzui se retourna vers Kanae.

— Au fait, tu as déjà aperçu cet étrange pot dans ta classe ?

— Non, jamais... Rien qui ressemblait à cette description en tout cas, répondit-elle d'un ton curieusement déçu.

---

13 NdT: plat de soupe populaire originaire de Chine que retrouve partout au Japon.

Même si cette déception le préoccupa, il préféra se concentrer sur le détail le plus important de sa réponse. Si elle affirmait ne l'avoir jamais vu, cela signifiait que le pot n'était pas forcément dans cette salle.

— Ça veut dire qu'il se déplace, ce pot ? Quand même pas, monologua Uzui à voix basse, tout en poussant la porte de la salle de biologie.

— Faites attention à vous tous, il fait très sombre à l'intérieur, ajouta de son côté Kanae à l'intention de ses collègues.

Tomioka laissa s'échapper un « hii » imprudent de sa bouche.

L'obscurité avait en effet envahi entièrement la salle. Les ténèbres étaient totales. Rien de comparable avec la pénombre du couloir et des autres salles de classe. Pourtant, ils n'eurent aucun besoin de fouiller la pièce pour trouver le pot en question.

Et ce parce qu'une créature hideuse jaillissait depuis son orifice, tel le génie d'une lampe. Même pour le professeur d'art qu'était Uzui la scène pouvait paraître surréaliste.

— Tiens, tiens, j'ai le droit à la visite de stupides professeurs. Que veulent-ils donc à Gyokko, hyo hyo ?!

Celui qui s'était introduit là sous le nom de Gyokko devait fortement s'ennuyer tout seul pour sourire et paraître aussi radieux dès l'arrivée d'Uzui et de ses collègues. Il les scruta tous attentivement, comme s'il cherchait à les évaluer.

— Eh ben… Ma foi, il n'y en a pas un pour rattraper l'autre sur le plan des goûts artistiques, mais ça me va très bien quand même.

— Nom d'une pipe! On nous avait annoncé un type biscornu et ennuyeux, eh bien je crois qu'on tient là le summum en la matière, dit Uzui en fronçant les sourcils.

Quand tout à coup :

— Comment ça ?! cria Rengoku. Le fantôme du pot est là ?! Où ça ?!

— Quelle question bête! Il est juste devant nous!

— Hum ?! Où ça ?!

Sel en main, son collègue portait manifestement son regard dans la mauvaise direction.

— Il se cache dans l'obscurité, c'est ça ?!

— Mais non, imbécile! Il est juste devant toi! Mais qu'est-ce qu'il t'arrive depuis tout à l'heure ?!

Kanae se pencha vers l'oreille d'Uzui.

— Je crois qu'il n'est pas capable de voir les fantômes, professeur Uzui.

— Quoi ? Un spectre aussi visible que lui ?

— Cela arrive chez des cas rares, c'est comme ça. C'est souvent des gens très positifs et pleins d'énergie, voire au contraire des gens que l'on qualifiera d'un peu… benêts.

Kanae eut une petite hésitation pour décrire ce second type d'individus.

Ultra positif et énergique, ou légèrement benêt sur les bords.

Était-il possible de trouver des mots plus adéquats que ceux-ci pour décrire son collègue ? Se remémorant le comportement incompréhensible de Rengoku un peu plus tôt, il comprit enfin.

— Mais alors, face au papy de tout à l'heure, c'est pour ça qu'il…

— Oui. Il ne l'avait tout simplement pas remarqué, je pense. Et probablement aussi pas entendu…

Pendant qu'Uzui et Kanae discutaient, Rengoku continua d'examiner les alentours pour retrouver le fantôme qui harcelait ses élèves.

— Sors de là si tu es un homme !! Viens te battre à la loyale !

— Me voilà de nouveau face à une brute n'ayant que du muscle à la place du cerveau. J'en conclus qu'il ne me voit pas. Qu'est-ce qu'il doit être lent du cerveau, celui-là…

« Hyo, hyo, hyo… » Gyokko laissa de nouveau échapper sa très vexante façon de rire qui tapa immédiatement sur les nerfs d'Uzui.

— Rengoku ! Il se trouve à l'extrémité droite du tableau ! Juste à côté de l'aquarium !

— Ah, il est là !! C'est compris !!

Sans attendre, il balança le gros sel gemme qu'il tenait en main dans la direction indiquée.

Et aussitôt…

Le choc provoqué par la rencontre entre le sel gemme et le tableau engendra un gros vacarme.

— Hyoooo…

Un long mugissement jaillit des trois bouches de Gyokko.

— Alors, Uzui ?! Je l'ai eu ?!

Malheureusement, le gros morceau de sel gemme avait manqué de quelques centimètres Gyokko. Mais désormais devenu tout pâle, le fantôme se tut brusquement, avant de vite se laisser glisser dans sa jarre.

Comme si elle avait attendu patiemment qu'il le fasse, Kanae s'approcha du récipient et colla un autre talisman sur l'orifice. Avant de gratifier Rengoku d'un « bien joué ».

— Grâce à vous, professeur Rengoku, nos élèves n'auront plus jamais à subir sa vantardise ni ses insultes, expliqua Kanae en l'applaudissant.

— Ah bon ? Eh bien, j'en suis ravi !

Rengoku avait un sourire jusqu'aux oreilles.

J'y crois pas… Il a réussi à le repousser avec une attaque physique !

Uzui en resta sans voix.

— Qu'y a-t-il, Uzui ?

— Rien…

Détournant le regard involontairement, il se retrouva nez à nez avec le visage de Tomioka devenu blanc comme un linge. Sa pâleur l'effraya. On croyait voir un mort.

— Hé, Tomioka ! Ça va pas ?

— Ç… ça va, Uzui. C'est juste que… Rengoku a été si… impressionnant qu'il m'a… surpris… Ha… Ha ha…

Tomioka se força à rire, mais ses yeux, eux, restèrent terrorisés. Ses dents claquaient et la sueur coulait le long de son visage. Tout indiquait au contraire qu'il allait mal.

— Plus qu'à nous occuper du fantôme rampant dans le couloir !

Adepte de la méthode « il faut battre le fer pendant qu'il est chaud », Rengoku quitta hâtivement la salle de biologie.

Il ne savait effectivement pas que Kanae avait déjà exorcisé le vieillard. Mais lorsqu'Uzui ouvrit la bouche pour le prévenir, il entendit son ami s'écrier depuis le couloir :

— Je l'ai trouvé !
— Il est à l'étage supérieur !
— Quoi ? Mais Kanae l'a déjà…

Quand Uzui sortit de la salle, Rengoku était déjà en train de monter deux par deux les marches de l'escalier juxtaposant la salle de biologie pour rejoindre l'étage supérieur.

— Mais arrête-toi ! Puisqu'on te dit que le professeur Kanae s'en est déjà débarrassé !

« N'est-ce pas ? » demanda-t-il à Kanae en se retournant vers elle pour demander son approbation. Il fut accueilli par un regard embarrassé.

— À vrai dire, moi aussi il m'a semblé entendre un bruit venant de là-haut.

« Tap, tap… » C'était manifestement des bruits de pas.

— Il se pourrait que ce soit un voleur.
— Non, quand même pas. Tu crois que ça existe, un voleur assez maladroit pour faire un boucan pareil avec ses pieds ?

Et puis ils étaient dans une école. Il n'y avait quasiment rien de valeur à voler.

Toutefois, il dut admettre que les écoles n'étaient pas systématiquement rayées de la liste des priorités des voleurs. Il en avait pour preuve ce lycée qui, récemment, avait été dévalisé de tous ses ordinateurs de dernière génération qui venaient tout juste d'être achetés.

Bien qu'il n'y crût pas vraiment, il fit cependant le choix de suivre Rengoku par acquit de conscience. Et en effet, on ne pouvait guère considérer comme des voleurs ceux qui venaient tout juste d'être achetés.

— Les gars... Mais qu'est-ce que vous foutez là ?!
Incrédule, Uzui dévisagea ces visiteurs d'un soir.

Tanjiro Kamado, Zenitsu Agatsuma et Inosuke Hashibira.

Tous les trois étaient membres du groupe de musique Démocratie débraillée stylée dont Uzui était le leader.

— Vous n'êtes donc pas ici par simple curiosité, mais dans le but de débarrasser la cité scolaire de ces fantômes qui effraient les plus jeunes, c'est bien ça ?

Face à l'insistance de Rengoku, seul Tanjiro eut le courage de répondre pour les deux autres d'un « oui » timide. Ce jeune homme, d'habitude si sincère, semblait pour une fois réellement découragé, comme en témoignait son regard.
— Toutes les amies de ma petite sœur sont effrayées par ces histoires, donc on s'est dit qu'il fallait bien que quelqu'un fasse quelque chose.
Il ajouta également avoir eu l'heureuse surprise d'apprendre que ses deux amis étaient prêts à l'accompagner avec plaisir quand il demanda leur aide.

— Croyez-moi, ces apparitions ne me font pas peur ! affirma Inosuke en bombant le torse et en renâclant. Je suis sûr de pouvoir les vaincre ! Et puis je suis leur chef. Je ne pouvais décemment pas laisser mes subordonnés prendre seuls des risques inconsidérés.

Apparemment, son action à lui aussi était motivée par de bons sentiments.

Lorsque Rengoku posa son regard sur le dernier d'entre eux, celui-ci afficha un visage des plus crispés.

— Moi, je souhaite tout simplement que la paix règne dans cet établissement, rien de plus.

— Mouais, si tu veux. Mais maintenant, donne-nous la vraie version, veux-tu ? s'enquit aussitôt Uzui.

Zenitsu s'emporta alors, les yeux grands ouverts.

— Quelle question bête ! Imagine à quel point j'aurai du succès avec les filles si je parviens à régler ce problème de spectres qui les effraient tant ! C'est pourtant évident ! Je me suis promis de recevoir un paquet de boîtes de chocolats de la part des filles l'année prochaine, donc je m'en donne les moyens ! expliqua-t-il d'une traite, les narines gonflées.

Puis, comprenant qu'il avait gaffé, il se mit à pâlir.

Uzui rigola avec dédain.

— Et voilà, il a vendu la mèche. Sa version à lui est totalement différente de la vôtre.

— C'est toi qui m'as poussé à aller dans cette direction ! C'est injuste, c'est du chantage ! tu es un lâche !

— Du chantage ? C'est toi qui t'es mis à déballer tout ça comme un grand, imbécile !

Uzui détourna son regard de ce Zenitsu brailleur qui le déprimait plus qu'autre chose.

— Et donc ? Qu'est-ce qu'on fait d'eux ?

« Groumpf... » Rengoku se contenta tout d'abord d'un simple grognement en guise de réponse, puis contempla les trois amis se tenant devant lui. Tanjiro se faisait le plus petit possible, Inosuke affichait son habituelle expression arrogante et Zenitsu se tenait la tête, agenouillé dans la pénombre, en murmurant un « non... ce n'est pas ce que vous croyez ».

— La motivation immorale du blond mise de côté, on ne peut qu'admirer la bienfaisance des sentiments qui ont inspiré votre action. Mais aussi bonnes soient-elles, aucune des raisons qui vous ont poussés à venir ici ne vous autorise à pénétrer dans l'école à une heure pareille sans autorisation.

Rengoku eut une attitude de professeur digne en expliquant les raisons motivant cette séance de sermon. Sauf que...

— Comment ça, sans autorisation ? répliqua Inosuke alors qu'il se curait l'oreille.

Considérant cette remarque comme un affront, Uzui menaça Inosuke du regard et s'apprêtait à lui faire la morale quand Inosuke vint soudain à sa rescousse en continuant la phrase de son ami.

— En fait, comme nous savions pertinemment qu'il nous était interdit d'entrer dans l'établissement la nuit, nous sommes allés consulter à ce sujet le professeur Tomioka, qui a accepté de se joindre à nous. Sauf qu'il est actuellement aux toilettes.

Une excuse qui fit bien rire Uzui. Un tel baratin ne l'aurait guère étonné s'il était sorti de la bouche de Zenitsu, mais l'entendre prononcé par Tanjiro et

Inosuke fut une surprise. Toujours est-il qu'il n'était pas homme à gober ce genre de choses.

— Hé ho, ça va, hein ? Pas la peine de nous mentir, les gars. Tomioka est juste ic…

Alors qu'il se retournait pour valider sa démonstration, il ne put que constater son absence.

— Tomioka ?

Il se dit d'abord qu'il devait encore être à l'étage du dessous, mais se rappela soudain de sa pâleur quelques instants plus tôt. Il jeta un œil en bas, depuis le haut de l'escalier, et entendit alors :

— Tu m'as appelé ? dit d'une voix inamicale Giyu Tomioka en sortant des toilettes pour hommes.

— Mais… tu… étais aux toilettes ?

— Ben oui.

— Non, non, non, je ne me laisserai pas avoir comme ça. Tu nous as suivis tout le long jusqu'ici.

— Ben non.

— Oh que si, tu étais avec nous. Et ce, depuis notre rendez-vous à vingt-trois heures devant le portail du bahut… N'est-ce pas, les gars ?

Uzui parut contrarié de constater que tout ne coulait pas de source, et demanda donc à Rengoku de valider son assertion. Toutefois, son ami n'alla pas dans son sens, et l'interrogea à son tour, comme s'il s'inquiétait pour sa santé mentale : « Mais qu'est-ce que tu racontes, Uzui ? »

— Tomioka répétait déjà depuis hier soir qu'il avait un autre rendez-vous ce soir.

— Quoi ?

— Mais je dois avouer que je ne m'attendais pas du

tout à ce que ce soit un rendez-vous avec certains de nos élèves. Tu aurais pu nous prévenir dès le départ !

— Désolé… s'excusa Tomioka en chuchotant. J'étais trop focalisé hier sur mon saumon au radis blanc.

Ce ton uniforme ; ces phrases réduites à leur plus simple expression ; ce regard ne laissant jamais deviner ce qu'il peut bien penser ; et, surtout, ce masque inexpressif qu'il arbore tout le temps. Voilà le vrai Giyu Tomioka, celui qu'il connaissait.

Mais alors, qui était l'autre ? Celui qui traînait avec nous depuis le début ?

— Tu es vraiment bizarre aujourd'hui, Uzui. Tu parles souvent seul, tu traites Tomioka de bizarre alors qu'il n'est pas là, et j'en passe…

Je parle seul ? Il est absent ?

— Et puis, franchement, tu as vraiment mauvaise mine. Tu es sûr que tu n'as pas attrapé la crève ? Et toi, Tomioka, qu'est-ce que t'en dis ?

— C'est vrai que tu es bien pâle…

Mais au fait, quand j'y pense…

Il se souvint alors qu'à aucun moment, durant leur patrouille nocturne, Rengoku n'avait discuté avec Tomioka. Il n'avait même pas prononcé son nom.

D'après Kanae, ce collègue était incapable de voir les choses inhumaines.

Ni d'entendre leur voix.

En bref…

— Professeur Uzui… l'interpella Kanae d'un ton désolé. Je l'ai longtemps observé en me disant que c'était sans doute un de ces fantômes-mimes inoffensifs pour l'homme. Mais c'était en fait un mauvais esprit venu hanter les hommes ayant une amoureuse par jalousie, et qui prend la forme d'un proche pour faciliter son approche et tuer sa proie en le maudissant. Je suis désolée de m'être trompée.

Mais elle précisa dans la foulée, avec son sourire enchanteur usuel, l'avoir déjà exorcisé.

Lorsqu'Uzui vit furtivement son reflet dans la fenêtre, il en perdit les mots. Ses joues étaient extrêmement maigres, ses cernes noir de jais et son visage blanc comme un linge.

Il se sentit pris de vertige, puis perdit connaissance.

Tengen Uzui resta au lit durant deux jours complets.

Il s'en sortit grâce aux généreux efforts de ses trois amoureuses, mais les élèves et ses collègues s'imaginèrent qu'il avait en fait été victime d'une maladie infligée par des démons. Rengoku et Tomioka s'inquiétèrent beaucoup pour lui, tandis que Kanae lui offrit un talisman protecteur.

De son côté, Zenitsu, seul des trois à s'être vu condamné à faire des excuses écrites pour son introduction illicite dans l'école, était toujours aussi motivé pour recevoir des chocolats à la Saint-Valentin. Un mois plus tard, il força son ami Tanjiro à s'impliquer dans le plan secret qu'il avait imaginé pour l'occasion. Mais ceci est une autre histoire.

Sachez pour l'anecdote que le tableau de la salle de biologie était toujours utilisé tel quel, avec ce gros bloc de sel de gemme planté en lui, et que cette salle était désormais considérée par les adeptes comme un célèbre spot spirituel.

Mais plus que tout, la paix régnait enfin de nouveau dans la cité scolaire des pourrefandheurs, et c'était cela qui comptait.

Postface de Koyoharu Gotouge

Bonjour à tous, c'est Gotouge.

J'ai eu la chance qu'on écrive un troisième roman pour ma série ! Merci à vous, Maître Yajima. Comme précédemment, j'ai fait quelques erreurs dans les dessins venant illustrer cet ouvrage, mais les ninjas du village de la rédaction, grâce à leurs super-pouvoirs, ne les ont pas laissé passer. J'ai aussi eu la surprise d'apprendre que nombreux étaient les enfants qui lisaient ces romans tirés de *Demon Slayer*. Cela m'a fait très plaisir. Certains d'entre eux ont peut-être été rebutés par ces gros blocs de texte, mais sachez, si vous me lisez, qu'il est très utile d'apprendre beaucoup de mots que l'on ne connaît pas, pour pouvoir exprimer plus tard ses idées. Le monde des mots et des lettres est un monde sans limites et formidable. Pour bénéficier d'une bonne variété de nutriments, je suggère donc de bien mélanger livres et mangas lors du choix de vos lectures !

Postface de Aya Yajima

C'est exactement au moment où j'écris les lignes de cette postface que le dernier chapitre de *Demon Slayer* est sorti dans le magazine *Jump*. Maître Gotouge, vous avez accompli un travail fantastique ! Des millions de lecteurs ont lu chaque semaine vos deux cent cinq chapitres avec l'âme d'un enfant. Merci encore de m'avoir accordé autant de temps pour me donner votre avis durant la conception de ces romans, alors que votre quotidien est déjà bien chargé. Je n'ai jamais été aussi contente de ma vie que lorsque vous m'envoyiez tous ces dessins si craquants, drôles et émouvants pour les pages de couverture ou l'intérieur des romans, et que je passais tant de temps à admirer. J'étais en extase devant vos illustrations, vos histoires, vos personnages, vos tirades, et cette atmosphère si spéciale que dégage votre œuvre dans son ensemble.

Je me dois aussi de remercier mon représentant éditeur, M. Nakamoto, qui m'a tant aidée. Je suis désolée d'avoir fait aussi souvent preuve de faiblesses et de vous avoir causé autant de soucis. Vous avez toujours été d'une grande patience avec moi, et cela n'a pas de prix. Enfin, mille mercis également à toute la rédaction de J-Books, maison d'édition que je considère sincèrement comme ma deuxième maison, à M. Asai de la rédaction de *Weekly Young Jump* pour toutes ses minutieuses vérifications, à MM. Satô et Shiotani de la société Nart pour leurs corrections, à tous ceux ayant, de près ou de loin, participé dans l'ombre à la conception et à la publication de ce livre, et enfin à vous, lecteurs, qui tenez ce livre en main.

KIMETSU NO YAIBA KAZE NO MICHISHIRUBE © 2020 by Koyoharu Gotouge, Aya Yajima
All rights reserved. First published in Japan in 2020 by SHUEISHA Inc., Tokyo. French
translation rights in France and French-speaking Belgium, Luxembourg, Switzerland
and Canada arranged by SHUEISHA Inc. through VME PLB SAS, France.

Pour l'édition française : Panini France S.A. – Nice La Plaine,
Bât. C2, avenue Emmanuel-Pontremoli, 06200 Nice.

Traduction : Fabien Nabhan
Suivi éditorial et relecture : SevenImagine, Michèle Aguignier
Maquette : Stéphanie Lairet

ISBN : 979-10-391-0687-0
Dépôt légal : **mai 2022**

Achevé d'imprimer en **Italie** en **avril 2022** par **L.E.G.O. S.p.A.**
Via Galileo Galilei, 11 – 38015 Lavis (TN).

Code produit : **FDSNO003**
www.panini.fr